读书，照亮不安的世界

季羡林谈学习与成长

季羡林——著
王树英——编

新世界出版社
NEW WORLD PRESS

图书在版编目（CIP）数据

读书，照亮不安的世界：季羡林谈学习与成长 / 季羡林著；王树英编. -- 北京：新世界出版社，2022.10（2024.12重印）
ISBN 978-7-5104-7518-4

I. ①读… II. ①季… ②王… III. ①中国文学－当代文学－作品综合集 IV. ① I217.2

中国版本图书馆 CIP 数据核字 (2022) 第 150913 号

读书，照亮不安的世界：
季羡林谈学习与成长

作　　者：季羡林 王树英
责任编辑：楼淑敏
封面设计：魏芳芳
版式设计：李戈晶
责任校对：宣　慧
责任印制：王宝根
出　　版：新世界出版社
网　　址：http://www.nwp.com.cn
社　　址：北京西城区百万庄大街 24 号（100037）
发 行 部：(010)6899 5968（电话）(010)6899 0635（电话）
总 编 室：(010)6899 5424（电话）(010)6832 6679（传真）
版 权 部：+8610 6899 6306（电话）nwpcd@sina.com（电邮）
印　　刷：天津旭非印刷有限公司
经　　销：新华书店
开　　本：880 mm×1230mm　1/32　尺寸：145mm×210mm
字　　数：200 千字　　　　　　　印张：8
版　　次：2022 年 10 月第 1 版　2024 年 12 月第 4 次印刷
书　　号：ISBN 978-7-5104-7518-4
定　　价：46.00 元

季羡林与猫

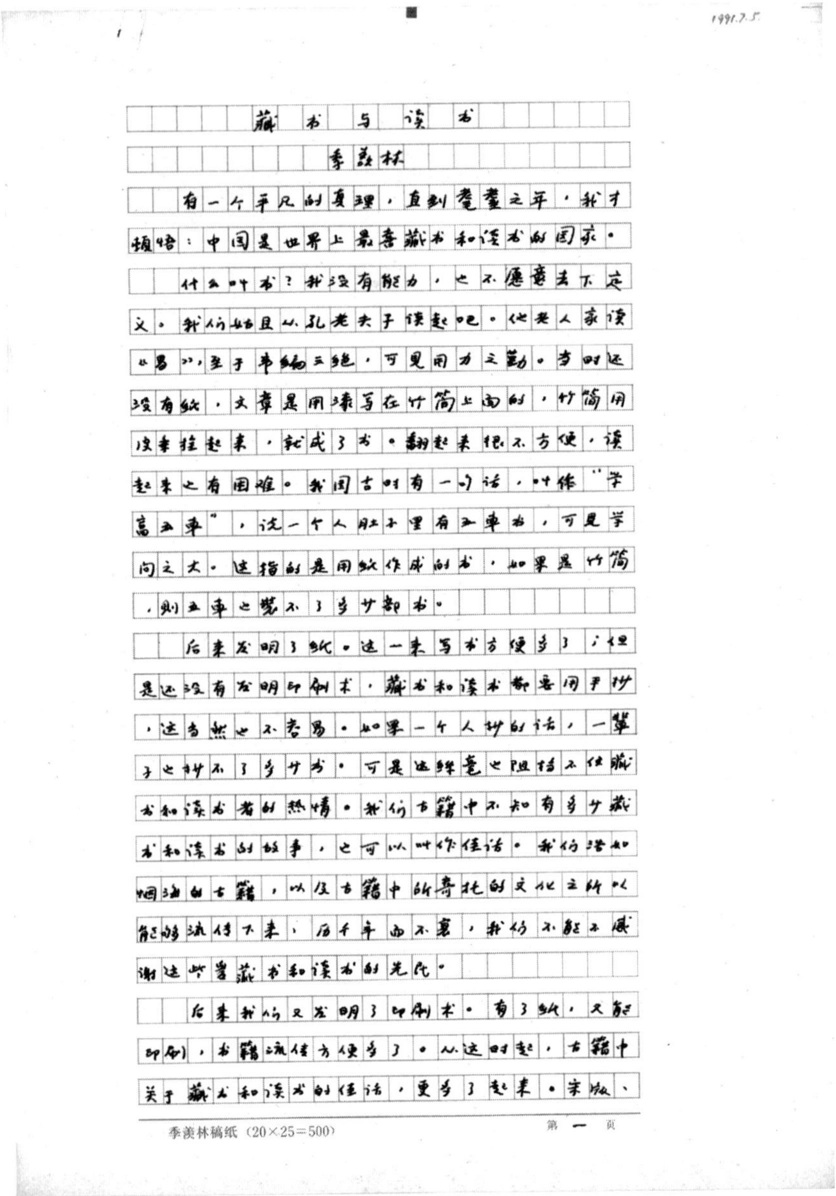
1　　1991.7.5

藏书与读书

季羡林

有一个平凡的真理，直到耄耋之年，我才顿悟：中国是世界上最喜藏书和读书的国家。

什么叫书？我没有能力，也不愿意去下定义。我们姑且从孔老夫子谈起吧。他老人家读《易》，至于韦编三绝，可见用力之勤。当时还没有纸，文章是用漆写在竹简上面的，竹简用皮条拴起来，就成了书。翻起来很不方便，读起来也有困难。我国古时有一句话，叫作“学富五车”，说一个人肚子里有五车书，可见学问之大。这指的是用纸作成的书，如果是竹简，则五车也装不了多少部书。

后来发明了纸。这一来写书方便多了；但是还没有发明印刷术，藏书和读书都要用手抄，这当然也不容易。如果一个人抄的话，一辈子也抄不了多少书。可是这丝毫也阻挡不住藏书和读书者的热情。我们古籍中不知有多少藏书和读书的故事，也可以叫作佳话。我们浩如烟海的古籍，以及古籍中所寄托的文化之所以能够流传下来，历千年而不衰，我们不能不感谢这些喜藏书和读书的先民。

后来我们又发明了印刷术。有了纸，又能印刷，书籍流传方便多了。从这时起，古籍中关于藏书和读书的佳话，更多了起来。宋版、

季羡林稿纸（20×25=500）　　第 一 页

季羡林手稿

从宏观上看中国文化

季羡林

最近几年，在全国范围内，掀起了一股“文化热”的高潮。这是完全可以理解的。我们国家的社会主义建设发展到今天这个地步，在接受几十年来的经验和教训的基础上，文化建设的任务已经提到议事日程上来了。我想大家都会同意，人类历史上任何社会，都不能专靠科技来支撑，物质文明必须与精神文明同步建设。我们今天的社会也决不能例外。

在众多的讨论中国传统文化与现代化问题的论文和专著中，有很多很精彩的具有独创性的意见。我从中学习了不少的非常有用的东西。我在这里不详细去叙述。我只有一个感觉，这就是，讨论中国文化，往往就眼前论眼前，从几千年的历史上进行细致深刻的探讨不够，从全世界范围内进行最广阔的宏观探讨更不够。我个人觉得，探讨中国文化问题，不能只局限于我们生活于其中的这几十年近百年，也不能局限于我们居住于其中的这九百六十万平方公里。我们必须上下数千年，纵横数万里，目光远大，胸襟开阔，才能更清晰地看到问题的全貌，而不至于陷入井蛙的地步，不能自拔。总之，我们要从历史上和地理上扩大我们的视

山下蘭芽短浸溪
松间沙路净無泥
蕭蕭暮雨子規啼
誰道人生無再少
门前流水尚能西
休將白髮唱黃鷄

東坡词

季羨林

辛巳冬

水調歌頭　蘇東坡

丙辰中秋歡飲達旦大醉作此篇兼懷子由

明月何時有把酒問青天不知天上宮闕
今夕是何年

季羡林

先天下之憂而憂
後天下之樂而樂
願與諸同志共勉之

季羨林

题词发表于 1986 年北京大学东语系建系 40 周年《纪念专栏》上

净几单床月上
初主人对客似僧庐春
来预作看花约贫去宜
求种树书隔巷旧游成
结托十年豪气早销除
依然不堕风流处五亩
园开手蓟藤锄樊榭山
房诗 丁卯夏五
羡林老弟正 王寿彭

季羡林早期藏品

《季荷》，欧阳中石绘赠季羡林

前言

季羡林教授 1911 年 8 月 6 日出生于山东省清平县（现属临清市）官庄的一个农民家庭。因家贫，6 岁时离开父母，往济南投靠叔父，在那里读完小学、初中和高中。

1930 年，19 岁的季羡林高中毕业，以优异的成绩考上了中国最著名的两所大学：北京大学和清华大学。最终，他选择了清华大学西洋文学系，专修德语。1934 年毕业，获文学士学位。后回济南母校任省立济南高中国文教员一年。

1935 年，季羡林考取清华大学与德国的交换研究生，是年秋赴德国，入哥廷根大学深造。他主修印度学，副修英国语言学和斯拉夫语言学。1941 年获哲学博士学位。当时正值第二次世界大战，他欲归不能，只好滞留德国，继续从事学习研究，先后掌握了梵文、巴利文、吐火罗文等古代语言和德文、法文、俄文、阿拉伯文等。

1945 年秋，欧战硝烟未尽，季羡林取道瑞士等国，几经辗转，于 1946 年夏回到了祖国，时年 35 岁。

1946 年回国后，季羡林任北京大学教授兼东方语言文学系主任。

新中国成立后，继续任系主任至1983年。1956年，他当选为中国科学院哲学社会科学部委员，后历任中国东方文化研究会会长、中国亚非学会会长、中国敦煌吐鲁番学会会长、中国语言学会会长、中国南亚学会会长等数十个职务。2009年7月11日逝世，享年98岁。

季羡林治学六七十年，涉及的领域之广、之深，在国内外实属罕见，很难用一两句话包容。概括地讲，主要有以下几个方面：1.印度古代语言，特别是佛教梵文；2.印度文化学；3.中印文化交流与中外文化交流；4.历史学；5.佛教学；6.印度古代文学；7.比较文学与民间文学研究。此外，他还创作了大量的散文及杂文等。

在印度古代语言研究方面，季先生卓有建树，贡献巨大。由于他不仅精通英语、德语、梵语、吠陀语、巴利语、吐火罗语，还能阅读法语、俄语等书籍，这为他从事语言学研究提供了重要条件。在印度古代语言研究方面，他突出的贡献是发现并证明了古代印度语言各种形态变化特点，他的论文为判定佛教经典产生的年代、地点、流传情况提供了可靠的依据。他把佛教梵语的研究同印度佛教史的研究结合起来，解决了印度佛教史上的许多问题，发现了佛教梵语的发展规律，为丰富和发展语言学做出了重大贡献，对印度语言发展史的研究意义重大。他对语言学的研究，还促进了自己对其他学科的研究。他把语言研究与佛教史的探索紧密地结合起来，在探讨古代佛教语言时，并不局限于语言的形态变化，而是努力探究隐蔽在形态变化后面的东西。季先生的研究成果达到了国际一流水平，为世界各国学者所敬重，其代表作有《印度古代语言论集》《原始佛教语言问题》等。

在印度文化学研究领域，季羡林先生继往开来，功勋卓著。他对印度文化的形成、特征、优点与长处、局限与不足，以及它与西方文化的差异、与中国文化的区别等，都有明确的阐述，对印度文化在世界文化中的突出地位也有科学的说明。中印两个伟大国家相互学习、交流，已有两三千年的历史，季先生对此进行了系统的研究和整理，并指出："如果中印两国之间没有相互学习和交流，两国文化的发展就不可能是今天这个样子。"他的主要代表作有：《罗摩衍那初探》《印度历史与文化》等。

在中印文化交流方面，中国和印度的高僧大德，从汉代到宋代一千多年的漫长岁月里，从梵文、巴利文以及新疆古语言中翻译了大量佛经介绍到中国。但他们对与佛教无关或关系不大的内容兴趣寥寥，许多优秀文化典籍并未翻译过来。季先生注意到中国历史上的这一现象，"为了中印的相互了解和加强两国关系"这一崇高目的，他对两三千年的中印文化交流的事实进行了系统的挖掘和整理，代表作有《中印文化交流史》《佛教与中印文化交流》《糖史》《大唐西域记校注》等。由于成就辉煌，他被印度文学院授予"名誉院士"。

季先生主张积极开展中外文化交流，重点当然是中印文化交流史，这与他的主要研究课题有关。但他的研究还旁及中国与波斯和其他一些国家的文化交流，诸如《文化交流的必然性和复杂性》《中国文化发展战略问题》等，他主编的《东西文化议论集》等，影响颇大。另外，他还有大量涉及中国、东北亚、东南亚和中亚古国以及欧洲文化方面的著作和论文，如《中亚佛教史》《中外文化交流史》《德国及西方文学》《中西文化之差异和共性》等，其成就出类拔萃，非同一般。

在历史学方面，季先生高屋建瓴，辨伪辟谬，新义迭出，发前人之未发，这是他的研究特点之一，诸如印度佛教传入中国的时间与途径问题等，就是例证之一。他不仅对中国历史研究提出了看法，更对印度历史研究发表了高见。关于印度历史，季先生给我们提供了研究印度历史的科学理论和方法，他主张要历史唯物主义地划分历史时期和确定社会性质、用实事求是的态度和科学的比较方法来研究等。代表作品有《印度简史》《1857—1859年印度民族起义》《罗摩衍那初探》等。在这些著作中，他对许多前人未注意到或没有解决的有关印度历史问题，做了科学探讨，提出了独到的见解，填补了印度历史研究的空缺，获得了国内外学者的盛赞。

在佛教学方面，季羡林先生是国内外为数很少的真正能够运用原始佛典进行研究的佛教学的学者。他用大量的梵文、巴利文、印度古代俗语及汉译佛典等原始资料进行研究，就原始佛教的语言问题与一些国际学者进行研讨、辩论，最后匡正了一些国际知名学者的错误结论，产生了重大影响。代表作有《原始佛教的语言问题》《印度古代语言论集》等。在吐火罗语言研究方面，他填补了我国这方面研究的空白，做出了杰出的贡献，引起了国际学术界的高度重视，为中国争得了荣誉。代表作有《吐火罗文〈弥勒会见记〉译释》。

众所周知，佛教从印度传入中国。但佛教曾又“倒流印度”，这一现象鲜为人知。这在印度佛教史上，在中印文化交流史上，甚至在世界宗教史上，是一个非常有趣的现象。为什么会在佛教中出现这种现象，季先生通过研究和分析大量史料，对这个现象及成因等做了精辟阐述，给出了科学结论，从而为佛教学的丰富和发展做出了新的贡献。可参阅《季羡林佛教学术论文集》《季羡林学术论著自选集》等著作。

关于《中国佛教史》虽已出版多种，但以“汉族佛教史”居多，季先生认为：严格说起来，汉族只是中国五十六个民族中之一，不能代表所有民族。为了纠正这个偏颇，他和别人一起主编《中国佛教史》，并亲自撰写《中国佛教史 · 新疆卷》等篇。

在印度古代文学方面，季羡林先生对印度文学作品做了大量翻译和研究，填补了中国的印度梵文文学空白，促进了中印文化的交流，增进了中印两国人民之间的友谊，获得了中印两国学者的交口称赞。几十年来，他陆续翻译了《沙恭达罗》《五卷书》等印度古代著名文学作品。尤其经过十年坚韧不拔的努力，终于翻译出版了世界著名的印度大史诗《罗摩衍那》，不但填补了中国梵文文学翻译的一项空白，也是中国翻译史上的空前盛事。因此，得到了国际梵文学界的极高评价和赞扬。

在比较文学与民间文学方面，季先生不守旧，勇于创新，在他的倡导下，成立了中国第一个比较文学研究会，推动了我国比较文学研究工作的发展。他提出了建立比较文学中国派的主张，得到中国学者们的赞同。中国比较文学不断发展壮大，引起世界文学界的关注，如今已成为世界比较文学的一个重要组成部分。季先生为中国比较文学的复兴和建设做出了巨大贡献。其代表作有《〈罗摩衍那〉在中国》《比较文学之我见》等。

季先生的散文创作也很成功，他被称为当代著名散文家。他17岁开始写散文，多年来从未辍笔。他的散文别具一格，在中国20世纪的文坛上独树一帜。他既擅长抒情，又擅写景，语言通俗晓畅，如行云流水，娓娓道来，给人以无限的美感。因此，读他的散文，既会被他那高尚的人格力量所震撼，又会被那些散文佳作的艺术魅力所陶醉。他一生共创作出150多万字的散文，已汇集成册，如《季羡林散文集》《牛棚杂忆》《天竺心影》《留德十年》《我的心是一面镜子》《千禧文存》《新纪元文存》《病榻杂记》等。

上面粗略地列举了季羡林先生的学术领域及主要成就。其实，他的书或文章有些难以区分和归类。以上列举，只是一个大体归类。

季羡林先生是中华民族传统美德和传统文化的继承者与弘扬者，他的学术成就和精神品质，均无愧为学人之楷模。我作为国学大师季羡林先生的学生和同事，与季老交往密切，对其自有较多了解。

季老自 2003 年入住三〇一医院以后，我曾多次探望，交流感悟。2009 年 5 月 25 日，季老对前来探望的我谈及编写读书求学经历的心愿，我在季老的病床前当面接下了任务。2009 年 7 月 9 日，我再次前往三〇一医院为季老送去稿费并汇报工作。两天后，也就是 2009 年 7 月 11 日，当我还沉浸在与先生的谈话中，并思考如何将任务完成的时候，季老作古。因此，编写、出版《读书，照亮不安的世界》一书成为季老未完成的遗愿。本书所收纳的季老文章，写作时间跨度大、所经历事件多，为保留季老著作的原貌，还请读者朋友结合季老当时所处境况来理解。如今，《读书，照亮不安的世界》作为季老亲自指定编写的传记图书，终于出版问世，我的内心得到了一些宁静，唯愿不辜负恩师的期待。

王树英

2021 年 8 月修改于北京

目录

勤学苦读

目录

漫谈治学

目录

为人处世

附　录

勤学苦读

如果青年朋友们问我有什么经验和诀窍，我回答说：没有的。如果非要我说点什么，那我只能说两句老生常谈：“书山有路勤为径，学海无涯苦作舟。”“勤”“苦”二字就是我的诀窍。

我的童年（节选）

回忆起自己的童年来，眼前没有红，没有绿，是一片灰黄。

七十多年前的中国，刚刚推翻了清朝的统治，神州大地，一片混乱，一片黑暗。我最早的关于政治的回忆，就是“朝廷”二字。当时的乡下人管当皇帝叫坐朝廷，于是“朝廷”二字就成了皇帝的别名。我总以为朝廷这种东西似乎不是人，而是有极大权力的玩意。乡下人一提到它，好像都肃然起敬。我当然更是如此。总之，当时皇威犹在，旧习未除，是大清帝国的继续，毫无万象更新之象。

我就是在这新旧交替的时刻，于1911年8月6日，生于山东省清平县（现改临清市）的一个小村庄——官庄。当时全中国的经济形势是南方富而山东（也包括北方其他省份）穷。专就山东论，是东部富而西部穷。我们县在山东西部又是最穷的县，我们村在穷县中是最穷的村，而我们家在全村中又是最穷的家。

我们家据说并不是一向如此。在我诞生前似乎也曾有过比较好的日子。可是我降生时，祖父、祖母都已去世。我父亲的亲兄弟共有三人，最小的一个送给了别人，改了姓。我父亲同另外的一个弟弟（九叔）孤苦伶仃，相依为命。房无一间，地无一垄，两个无父无母的孤儿，活下去是什么滋味，活着是多么困难，概可想见。他们的堂伯父是一个举人，是方圆几十里最有学问的人物，做官做到一个什么县的教谕，也算是最大的官。他曾养育过我父亲和叔父，据说待他们很不错。可是家庭大，人多是非多。他们俩有几次饿得到枣林里去拣落到地上的干枣充饥。最后还是被迫弃家（其实已经没了家）出走，兄弟俩逃到济南去谋生。

我父亲和叔父到了济南以后，人地生疏，拉过洋车，扛过大件，当过警察，卖过苦力。叔父最终站住了脚。于是兄弟俩一商量，让我父亲回老家，叔父一个人留在济南挣钱，寄钱回家，供我的父亲过日子。

我出生以后，家境仍然是异常艰苦。一年吃白面的次数有限，平常只能吃红高粱面饼子；没有钱买盐，把盐碱地上的土扫起来，在锅里煮水，腌咸菜；什么香油，根本见不到。一年到底，就吃这种咸菜。举人的太太，我管她叫奶奶，她很喜欢我。我三四岁的时候，每天一睁眼，抬腿就往村里跑（我们家在村外），跑到奶奶跟前，只见她把手一卷，卷到肥大的袖子里面，手再伸出来的时候，就会有半个白面馒头拿在手中，递给我。我吃起来，仿佛是龙胆凤髓一般，我不知道天下还有比白面馒头更好吃的东西。这白面馒头是她的两个儿子（每家有几十亩地）特别孝敬她的。她喜欢我这个孙子，每天总省下半个，留给我吃。在长达几年的时间内，这是我每天最高的享受，最大的愉快。

大概到了四五岁的时候，对门住的宁大婶和宁大姑，每到夏秋收割庄稼的时候，总带我走出去老远到别人割过的地里去拾麦子或者豆子、谷子。一天辛勤之余，可以拣到一小篮麦穗或者谷穗。晚上回家，把篮子递给母亲，看样子她是非常欢喜的。有一年夏天，大概我拾的麦子比较多，她把麦粒磨成面粉，贴了一锅死面饼子。我大概是吃出味道来了，吃完了饭以后，我又偷了一块吃，让母亲看到了，赶着我要打。我当时是赤条条浑身一丝不挂，我逃到房后，往水坑里一跳。母亲没有法子下来捉我，我就站在水中把剩下的白面饼子尽情地享受了。

现在写这些事情还有什么意义呢？这些芝麻绿豆般的小事是不折不扣的身边琐事，使我终生受用不尽。它有时候能激励我前进，有时候能鼓舞我振作。我一直到今天对日常生活要求不高，对吃喝从不计较，难道同我小时候的这一些经历没有关系吗？我看到一些独生子女的父母那样溺爱子女，也颇不以为然。儿童是祖国的花朵，花朵当然要爱护；但爱护要得法，否则无异是坑害子女。

不记得是从什么时候起我开始学着认字，大概也总在四岁到六岁之间。我的老师是马景功先生。现在我无论如何也记不起有什么类似私塾之类的场所，也记不起有什么《百家姓》《千字文》之类的书籍。我那一个家徒四壁的家就没有一本书，连带字的什么纸条子也没有见过。反正我总是认了几个字，否则哪里来的老师呢？马景功先生的存在是不能怀疑的。

虽然没有私塾，但是小伙伴是有的。我记得最清楚的有两个：一个叫杨狗，我前几年回家，才知道他的大名，他现在还活着，一字不识；另一个叫哑巴小（意思是哑巴的儿子），我到现在也没有弄清楚他姓甚名谁。我们三个天天在一起玩，洑水，打枣，捉知了，摸虾，不见不散，一天也不间断。后来听说哑巴小当了山大王，练就了一身蹿房越脊的惊人本领，能用手指抓住大庙的椽子，浑身悬空，围绕大殿走一周。有一次被捉住，是十冬腊月，赤身露体，浇上凉水，被捆起来，倒挂一夜，仍然能活着。据说他从来不到官庄来作案，“兔子不吃窝边草”，这是绿林英雄的义气。后来终于被捉杀掉。我每次想到这样一个光着屁股玩耍的小伙伴竟成为这样一个“英雄”，就颇有骄傲之意。

我在故乡只待了六年，我能回忆起来的事情还多得很，但是我不想再写下去了。已经到了同我那一个一片灰黄的故乡告别的时候了。

我六岁那一年，是在春节前夕，公历可能已经是1917年，我离开父母，离开故乡，是叔父把我接到济南去的。叔父此时大概日子已经可以了，他兄弟俩只有我一个男孩子，想把我培养成人，将来能光大门楣，只有到济南去一条路。这可以说是我一生中最关键的一个转折点，否则我今天仍然会在故乡种地（如果我能活着的话），这当然算是一件好事。

到了济南以后，过了一段难过的日子。一个六七岁的孩子离开母亲，他心里会是什么滋味，非有亲身经历者，实难体会。我曾有几次从梦里哭着醒来。尽管此时不但能吃上白面馒头，而且还能吃上肉，但是我宁愿再啃红高粱饼子就苦咸菜。这种愿望当然只是一个幻想。我毫无办法，久而久之，也就习以为常了。

叔父望子成龙，对我的教育十分关心。先安排我在一个私塾里学习。老师是一个白胡子老头，面色严峻，令人见而生畏。每天入学，先向孔子牌位行礼，然后才是“赵钱孙李”。大约就在同时，叔父又把我送到一师附小去念书。这个地方在旧城墙里面，街名叫升官街，看上去很堂皇，实际上“官”者“棺”也，整条街都是做棺材的。此时五四运动大概已经起来了。校长是一师校长兼任，他是山东得风气之先的人物，在一个小学生眼里，他是一个大人物，轻易见不到面。想不到在十几年以后，我大学毕业到济南高中去教书的时候，我们俩竟成了同事，他是历史教员。我执弟子礼甚恭，他则再三逊谢。我当时觉得，人生真是变幻莫测啊！

因为校长是维新人物，我们的国文教材就改用了白话。教科书里面有一段课文，叫作《阿拉伯的骆驼》。故事是大家熟知的。但当时对我却是陌生而又新鲜，我读起来感到非常有趣味，简直是爱不释手。然而这篇文章却惹了祸。有一天，叔父翻看我的课本，我只看到他蓦地勃然变色。“骆驼怎么能说人话呢？”他愤愤然了，“这个学校不能念下去了，要转学！”

于是我转了学。转学手续比现在要简单得多，只经过一次口试就行了。而且口试也非常简单，只出了几个字叫我们认。我记得字中间有一个“骡”字。我认出来了，于是定为高小一班。一个比我大两岁的亲戚没有认出来，于是定为初小三班。为了一个字，我占了一年的便宜，这也算是逸事吧。

这个学校靠近南圩子墙，校园很空阔，树木很多。花草茂密，景色算是秀丽的。在用木架子支撑起来的一座柴门上面，悬着一块木匾，上面刻着四个大字“循规蹈矩”。我当时并不懂这四个字的涵义，只觉得笔画多得好玩而已。我就天天从这个木匾下出出进进，上学，游戏。当时立匾者的用心到了后来我才了解，无非是想让小学生规规矩矩做好孩子而已。但是用了四个古怪的字，小孩子谁也不懂，结果形同虚设，多此一举。

谈到学习，我记得在三年之内，我曾考过两个甲等第三（只有三名甲等），两个乙等第一；总起来看，属于上等，但是并不拔尖。实际上，我当时并不用功，玩的时候多，念书的时候少。我们班上考甲等第一的叫李玉和，年年都是第一。他比我大五六岁，好像已经很成熟了，死记硬背，刻苦努力，天天皱着眉头，不见笑容，也不同我们打闹。我从来就是少无大志，一点也不想争那个状元。但是我对我这一位老学长并无敬意，还有点瞧不起的意思，觉得他是非我族类。

我虽然对正课不感兴趣，但是也有我非常感兴趣的东西，那就是看小说。我叔父是古板人，把小说叫作“闲书”，闲书是不许我看的。在家里的时候，我书桌下面有一个盛白面的大缸，上面盖着一个用高粱秆编成的“盖垫”（济南话）。我坐在桌旁，桌上摆着《四书》，我看的却是《彭公案》《济公传》《西游记》《三国志演义》等旧小说。《红楼梦》大概太深，我看不懂其中的奥妙，黛玉整天价哭哭啼啼，为我所不喜，因此看不下去。其余的书都是看得津津有味。冷不防叔父走了进来，我就连忙掀起盖垫，把闲书往里一丢，嘴巴里念起“子曰”“诗云”来。

到了学校里，用不着防备什么，一放学，就是我的天下。我往往躲到假山背后，或者一个盖房子的工地上，拿出闲书，狼吞虎咽似的大看起来。常常是忘记了时间，忘记了吃饭，有时候到了天黑，才摸回家去。我对小说中的绿林好汉非常熟悉，他们的姓名背得滚瓜烂熟，连他们用的兵器也如数家珍，比教科书熟悉多了。自己当然也希望成为那样的英雄。有一回，一个小朋友告诉我，把右手五个指头往大米缸里猛戳，一而再，再而三，一直到几百次，上千次。练上一段时间以后，再换上砂粒，用手猛戳，最终可以练成铁砂掌，五指一戳，能够戳断树木。我颇想有一个铁砂掌，信以为真，猛练起来，结果把指头戳破了，鲜血直流。知道自己与铁砂掌无缘，遂停止不练。

学习英文，也是从这个小学开始的。当时对我来说，外语是一种非常神奇的东西。我认为，方块字是天经地义，不用方块字，只弯弯曲曲像蚯蚓爬过的痕迹一样，居然能发出音来，还能有意思，简直是不可思议。越是神秘的东西，便越有吸引力。英文对于我就有极大的吸引力。我万没有想到望之如海市蜃楼般的可望而不可即的东西竟然唾手可得了。我现在已经记不清楚，学习的机会是怎么来的。大概是有一位教员会一点英文，他答应晚上教一点，可能还要收点学费。总之，一个业余英文学习班很快就组成了，参加的大概有十几个孩子。究竟学了多久，我已经记不清楚，时候好像不太长，学的东西也不太多，二十六个字母以后，学了一些单词。我当时有一个非常伤脑筋的问题：为什么“是”和“有”算是动词，它们一点也不动呀？当时老师答不上来；到了中学，英文老师也答不上来。当年用“动词”来译英文的 verb 的人，大概不会想到他这个译名惹下的祸根吧。

每次回忆学习英文的情景时，我眼前总有一团零乱的花影，是绛紫色的芍药花。原来在校长办公室前的院子里有几个花畦，春天一到，芍药盛开，都是绛紫色的花朵。白天走过那里，紫花绿叶，极为分明。到了晚上，英文课结束后，再走过那个院子，紫花与绿叶化成一个颜色，朦朦胧胧的一堆一团，因为有白天的印象，所以还知道它们的颜色。但夜晚眼前却只能看到花影，鼻子里似乎有点花香而已。这一幅情景伴随了我一生，只要是一想起学习英文，这一幅美妙无比的情景就浮现到眼前来，带给我无量的幸福与快乐。

然而时光像流水一般飞逝，转瞬三年已过：我小学该毕业了，我要告别这一个美丽的校园了。

1986年6月6日

我的中学时代

初中时期

我幼无大志，自谓不过是一只燕雀，不敢怀“鸿鹄之志”。小学毕业时是1923年，我12岁。当时山东省立第一中学赫赫有名，为众人所艳羡追逐的地方，我连报名的勇气都没有，只敢报考正谊中学，这所学校绰号不佳：“破正谊”，与“烂育英”相映成双。

可这个“破”学校入学考试居然敢考英文，我“瞎猫碰上了死耗子”，居然把英文考卷答得颇好，因此，我被录取为不是一年级新生，而是一年半级，只需念两年半初中即可毕业。

破正谊确实有点“破”，首先是教员水平不高。有一个教生物的教员把“玫瑰”读为jiukuai，可见一斑。但也并非全破。校长鞠思敏先生是山东教育界的老前辈，人品道德，有口皆碑；民族气节，远近传扬。他生活极为俭朴，布衣粗食，不改其乐。他立下了一条规定：每周一早晨上课前，召集全校学生，集合在操场上，听他讲话。他讲的都是为人处世、爱国爱乡的大道理，从不间断。我认为，在潜移默化中对学生会有良好的影响。

教员也不全是jiukuai先生，其中也间有饱学之士。有一个姓杜的国文教员，年纪相当老了。由于肚子特大，同学们送他一个绰号“杜大肚子”，名字反隐而不彰了。他很有学问，对古文，甚至“选学”都有很深的造诣。我曾胆大妄为，写过一篇类似骈体文的作文。他用端正的蝇头小楷，把作文改了一遍，给的批语是：“欲作花样文章，非多记古典不可。”可怜我当时只有十三四岁，读书不多，腹笥瘠薄，哪里记得多少古典！

另外有一位英文教员，名叫郑又桥，是江浙一带的人，英文水平极高。他改学生的英文作文，往往不是根据学生的文章修改，而是自己另写一篇。这情况只出现在英文水平高的学生作文簿中。他的用意大概是想给他们以简练揣摩的机会，以提高他们的水平，用心亦良苦矣。英文读本水平不低，大半是《天方夜谭》《莎氏乐府本事》《泰西五十轶事》《纳氏文法》等等。

我从小学到初中，不是一个勤奋用功的学生，考试从来没有得过甲等第一名，大概都是在甲等第三四名或乙等第一二名之间。我也根本没有独占鳌头的欲望。到了正谊以后，此地的环境更给我提供了最佳游乐的场所。校址在大明湖南岸，校内清溪流贯，绿杨垂荫。校后就是“四面荷花三面柳，一城山色半城湖”的“湖”。岸边荷塘星罗棋布，芦苇青翠茂密，水中多鱼虾、青蛙，正是我戏乐的天堂。我家住南城，中午不回家吃饭，家里穷，每天只给铜元数枚，作午餐费。我以一个铜板买锅饼一块，一个铜板买一碗炸丸子或豆腐脑，站在担旁，仓促食之，然后飞奔到校后湖滨去钓虾，钓青蛙。虾是齐白石笔下的那一种，有两个长夹，但虾是水族的蠢材，我只需用苇秆挑逗，虾就张开一只夹，把苇秆夹住，任升提出水面，决不放松。钓青蛙也极容易，只需把做衣服用的针敲弯，抓一只苍蝇，穿在上面，向着蹲坐在荷叶上的青蛙，来回抖动，青蛙食性一起，跳起来猛吞针上的苍蝇，立即被我生擒活捉。我沉湎于这种游戏，其乐融融。至于考个甲等、乙等，则于我如浮云，“管他娘”了。

但是，叔父对我的要求却是很严格的。正谊有一位教高年级国文的教员，叫徐（或许）什么斋，对古文很有造诣。他在课余办了一个讲习班，专讲《左传》《战国策》《史记》一类的古籍，每月收几块钱的学费，学习时间是在下午4点下课以后。叔父要我也报了名。每天正课完毕以后，再上一两个小时的课，学习上面说的那一些古代典籍，现在已经记不清楚究竟学习了多长的时间，好像时间不是太长。有多少收获，也说不清楚了。

当时，济南有一位颇有名气的冯鹏展先生，老家广东，流寓北方。英文水平很高，白天在几个中学里教英文，晚上在自己创办的尚实英文学社授课。他住在按察司街南口一座两进院的大房子里，学社就设在前院几间屋子里，另外还请了两位教员，一位是陈鹤巢先生，一位是纽威如先生，白天都有工作，晚上 7 时至 9 时来学社上课。当时正流行 diagram（图解）式的英文教学法，我们学习英文也使用这种方法，觉得颇为新鲜。学社每月收学费大洋三元，学生有几十人之多。我大概在这里学习了两三年，收获相信是有的。

就这样，虽然我自己在学习上并不勤奋，然而，为环境所迫，反正是够忙的。每天从正谊回到家中，匆匆吃过晚饭，又赶回城里学英文。当时只有十三四岁，精力旺盛到超过需要。在一天奔波之余，每天晚 9 点下课后，还不赶紧回家，而是在灯火通明的十里长街上，看看商店的橱窗，慢腾腾地走回家。虽然囊中无钱，看了琳琅满目的商品，也能过一过“眼瘾”，饱一饱眼福。

叔父显然认为，这样对我的学习压力还不够大，必须再加点码。他亲自为我选了一些篇古文，讲宋明理学的居多，亲手用毛笔正楷抄成一本书，名之曰《课侄选文》，有空闲时，亲口给我讲授，他坐，我站，一站就是一两个小时。要说我真感兴趣，那是谎话。这些文章对我来说，远远比不上叔父称之为“闲书”的那一批《彭公案》《济公传》等等有趣。我往往躲在被窝里用手电筒来偷看这些书。

我在正谊中学读了两年半书就毕业了。在这一段时间内，我懵懵懂懂，模模糊糊，在明白与不明白之间；主观上并不勤奋，客观上又非勤奋不可；从来不想争上游，实际上却从未沦为下游。最后离开了我的大虾和青蛙，我毕业了。

我告别了我青少年时期的一个颇为值得怀念的阶段，更上一层楼，走上了人生的一个新阶段。当年我 15 岁，时间是 1926 年。

高中时代

初中读了两年半，毕业正在春季。没有办法，我只能就近读正谊高中。年级变了，上课的地址没有变，仍然在山（假山也）奇水秀的大明湖畔。

这一年夏天，山东大学附设高级中学成立了。山东大学是山东省的最高学府，校长是有名的前清状元、山东教育厅长王寿彭，以书法闻名全省。因为状元是"稀有品种"，所以他颇受到一般人的崇敬。

附设高中一建立，因为这是一块金招牌，立即名扬齐鲁。我此时似乎也有了一点雄心壮志，不再像以前那样畏畏缩缩，经过了一番考虑，立即决定舍正谊而取山大高中。

山大高中是文理科分校的，文科校址选在北园白鹤庄。此地遍布荷塘，春夏之时，风光秀丽旖旎，绿柳迎地，红荷映天，山影迷离，湖光潋滟，蛙鸣塘内，蝉噪树巅。我的叔父曾有一首诗，赞美北园："杨花落尽菜花香，嫩柳扶疏傍寒塘。蛙鼓声声向人语，此间即是避秦乡。"可见他对北园的感受。我在这里还验证了一件小而有趣的事。有人说，离开此处有几十里的千佛山，倒影能在湖中看到。有人说这是海外奇谈。可是我亲眼在校南的荷塘水面上清晰地看到千佛山的倒影，足证此言不虚。

这所新高中在大名之下，是名副其实的。首先是教员队伍可以说是极一时之选，所有的老师几乎都是山东中学界赫赫有名的人物。国文教员王崑玉先生家学渊源，学有素养，文宗桐城派，著有文集，后为青岛大学教师。英文教员是北大毕业的刘老师，英文很好，是一中的教员。教数学的是王老师，也是一中的名教员。教史地的是祁蕴璞先生，一中教员，好学不倦，经常从日本购买新书，像他那样熟悉世界学术情况的人，恐怕他是唯一的一个。教伦理学的是上面提到的正谊的校长鞠思敏先生。教逻辑的是一中校长完颜祥卿先生。此外还有两位教经学的老师，一位是前清翰林或进士，由于年迈，有孙子伴住，姓名都记不清了。另一位姓名也记不清，因为他忠于清代，开口就说“我们大清国如何如何”，所以学生就管他叫“大清国”。两位老师教《诗经》《书经》等书，上课从来不带任何书，四书、五经，本文加注，都背得滚瓜烂熟。

中小学生都爱给老师起绰号，并没有什么恶意，此事恐怕古今皆然，南北不异。上面提到的“大清国”，只是其中之一。我们有一位“监学”，可能相当于后来的训育主任，他经常住在学校，权力似乎极大，但人缘却并不佳。因为他秃头无发，学生们背后叫他“刘秃蛋”。那位姓刘的英文教员，学生还是很喜欢他的，只因他人长得过于矮小，学生们送给他了一个非常刺耳的绰号，叫作“×豆”，

×代表一个我无法写出的字。

建校第一年，招了五班学生，三年级一个班，二年级一个班，一年级三个班，总共不到二百人。因为学校离城太远，学生全部住校。伙食由学生自己招商操办，负责人选举产生。因为要同奸商斗争，负责人的精明能干就成了重要的条件。奸商有时候夜里偷肉，负责人必须夜里巡逻，辛苦可知。遇到这样的负责人，伙食质量立即显著提高，他就能得到全体同学的拥护，从而连续当选，学习必然会受到影响。

学校风气是比较好的，学生质量是比较高的，学生学习是努力的。因为只有男生，不收女生，因此免掉很多麻烦，没有什么“绯闻”一类的流言。“刘秃蛋”人望不高，虽然不学，但却有术，统治学生，胡萝卜与大棒并举，拉拢与表扬齐发。除了我们三班因细故“架”走了一个外省来的英文教员以外，再也没有发生什么风波。此地处万绿丛中，远挹佛山之灵气，近染荷塘之秀丽，地灵人杰，颇出了一些学习优良的学生。

至于我自己，上面已经谈到过，在心中有了一点“小志”，大概是因为入学考试分数高，所以一入学我就被学监指定为三班班长。在教室里，我的座位是第一排左数第一张桌子，标志着与众不同。论学习成绩，因为我对国文和英文都有点基础，别人无法同我比。别的课想得高分并不难，只要在考前背熟课文就行了。国文和英文，则必须学有素养，临阵磨枪，临时抱佛脚，是不行的。在国文班上，王崑玉老师出的第一次作文题是“读《徐文长传》书后”，我不意竟得了全班第一名，老师的评语是“亦简劲，亦畅达”。此事颇出我意外。至于英文，由于我在上面谈到的情况，我独霸全班，被尊为“英文大家”（学生戏译为 great home）。第一学期，我考了个甲等第一名。这是我生平第一次荣登这个宝座，虽然并非什么意外之事，我却有点沾沾自喜。

可事情还没有完。王状元不知从哪里得来的灵感，他规定：凡是甲等第一名平均成绩在 95 分以上者，他要额外褒奖。全校五个班当然有五个甲等第一；但是，平均分数超过 95 分者，却只有我一个人，我的平均分数是 97 分。于是状元公亲书一副对联，另外还写了一个扇面，称我为“羡林老弟”，这实在是让我受宠若惊。

虚荣之心，人皆有之；我独何人，敢有例外。于是我真正立下了“大志”，决不能从宝座上滚下来，那样面子太难看了。我买了韩、柳、欧、苏的文集，苦读不辍。又节省下来仅有的一点零用钱，远至日本丸善书店，用“代金引换”的办法，去购买英文原版书，也是攻读不辍。结果是“皇天不负有心人”，两年四次考试，我考了四个甲等第一，大大地满足了自己的虚荣心。我不愿意说谎话，我决不是什么英雄，“怀有大志”。我从来没有过“大丈夫当如是也”一类的大话，我是一个十分平庸的人。

时间到了 1928 年，应该上三年级了。但是日寇在济南制造了“五三惨案”，杀了中国的外交官蔡公时，派兵占领了济南。学校停办，外地的教员和学生纷纷逃离。我住在济南，只好留下，当了一年的准亡国奴。

第二年，1929 年，奉系的土匪军阀早就滚蛋，来的是西北军和国民党的新式军阀。王老状元不知哪里去了。教育厅长换了新派人物，建立了全省唯一的一所高中：山东省立济南高中，表面上颇有“换了人间”之感，四书、五经都不念了，写作文也改用了白话。教员阵容仍然很强，但是原有的老教员多已不见，而是换了一批外省的，主要是从上海来的教员，国文教员尤其突出。也许是因为学校规模大了，我对全校教员不像北园时代那样如数家珍，个个都认识。现在则是迷离模糊，说不清张三李四了。

因为我已经读了两年，一入学就是三年级。任课教员当然也不会少的；但是，奇怪的是英文、数学、历史、地理等课的教员的姓名我全忘了，能记住的都是国文教员。这些人大都是当时颇有名气的作家，什么胡也频先生、董秋芳（冬芬）先生、夏莱蒂先生、董每戡先生等。我对他们都很尊重，尽管有的先生没有教过我。

初入学时，国文教员是胡也频先生。他根本很少讲国文，几乎每一堂课都在黑板上写上两句话：什么是“现代文艺”？“现代文艺”的使命是什么？“现代文艺”，当时叫“普罗文学”，现代称之为无产阶级文学。它的使命就是革命。胡先生以一个年轻革命家的身份，毫无顾忌，勇往直前，公然在学生区摆上桌子，招收现代文艺研究会的会员。我是一个积极分子，当了会员，还写过一篇《现代文艺的使命》的文章，准备在计划出版的刊物上发表，内容现在完全忘记了，无非是一些肤浅的革命口号。胡先生的过激行动，引起了国民党的注意，准备逮捕他，他逃到上海去了，两年后在上海龙华就义。

学期中间，接过胡先生教鞭的是董秋芳先生，他同他的前任迥乎不同，他认真讲课，认真批改学生的作文。他出作文题目，非常奇特，他往往在黑板上写上四个大字“随便写来”，意思就是让学生愿意写什么，就写什么。有一次，我写了一篇相当长的作文，是写我母亲死于故乡我回家奔丧的心情的，董老师显然很欣赏这一篇作文，在作文本每页上面空白处写了几个眉批：“一处节奏，又一处节奏。”这真正是正中下怀，我写文章，好坏姑且不论，我是非常重视节奏的。我这个个人心中的爱好，不意董老师一语道破，夸大一点说，我简直要感激涕零了。他还在这篇作文的后面写了一段很长的批语，说我和理科学生王联榜是全班甚至全校之冠，我的虚荣心又一次得到了满足。我之所以能毕生在研究方向迥异的情况下始终不忘舞笔弄墨，到了今天还被人称作一个作家，这是与董老师的影响和鼓励分不开的。恩师大德，我终生难忘。

我不记得高中是怎样张榜的。反正我在这最后一学年的两次考试中，又考了两个甲等第一，加上北园的四个，共是六连冠。要说是不高兴，那不是真话；但也并没有飘飘然觉得自己有什么了不起。

到了1930年的夏天，我的中学时代就结束了。当年我是19岁。

如果青年朋友们问我有什么经验和诀窍，我回答说：没有的。如果非要我说点什么，那我只能说两句老生常谈：“书山有路勤为径，学海无涯苦作舟。”“勤”“苦”二字就是我的诀窍。说了等于白说，但白说也得说。

1998年8月25日写完

报考大学

我少无大志，从来没有想到做什么学者。中国古代许多英雄，根据正史的记载，都颇有一些豪言壮语，什么“大丈夫当如是也！”，什么“彼可取而代也！”，又是什么“燕雀安知鸿鹄之志哉！”，真正掷地作金石声，令我十分敬佩，可我自己不是那种人。

在我读中学的时候，像我这种从刚能吃饱饭的家庭出身的人，唯一的目的和希望就是——用当时流行的口头语来说——能抢到一只“饭碗”。当时社会上只有三个地方能生产“铁饭碗”：一个是邮政局，一个是铁路局，一个是盐务稽核所。这三处地方都掌握在不同国家的帝国主义分子手中。在那半殖民地社会里，“老外”是上帝。不管社会多么动荡不安，不管“城头”多么“变幻大王旗”，“老外”是谁也不敢碰的。他们生产的“饭碗”是“铁”的，砸不破，摔不碎。只要一碗在手，好好干活，不违“洋”命，则终生会有饭吃，无忧无虑，成为羲皇上人。

我的家庭也希望我在高中毕业后能抢到这样一只“铁饭碗”。

我不敢有违严命，高中毕业后曾报考邮政局。若考取后，可以当一名邮务生。如果勤勤恳恳，不出娄子，干上十年二十年，也可能熬到一个邮务佐，算是邮局里的一个芝麻绿豆大的小官了；就这样混上一辈子，平平安安，无风无浪。幸乎？不幸乎？我没有考上。大概面试的“老外”看我不像那样一块料，于是我名落孙山了。

在这样的情况下，我才报考了大学。北大和清华都录取了我。我同当时众多的青年一样，也想出国去学习，目的只在“镀金”，并不是想当什么学者。“镀金”之后，容易抢到一只饭碗，如此而已。在出国方面，我以为清华条件优于北大，所以舍后者而取前者。后来证明，我这一宝算是押中了。这是后事，暂且不提。清华是当时两大名牌大学之一，前身叫留美预备学堂，是专门培养青年到美国去学习的。留美若干年镀过了金以后，回国后多为大学教授，有的还做了大官。在这些人里面究竟出了多少真正的学者，没有人做过统计，我不敢瞎说。同时并存的清华国学研究院，是一所很奇特的机构，仿佛是西装革履中一袭长袍马褂，非常不协调。然而在这个不起眼的机构里却有名闻宇内的四大导师：梁启超、王国维、陈寅恪、赵元任。另外有一名年轻的讲师李济，后来也成了大师。这个国学研究院，与其说它是一所现代化的学堂，毋宁说它是一所旧日的书院。一切现代化学校必不可少的烦琐的规章制度，在这里似乎都没有。师生直接联系，师了解生，生了解师，真正做到了循循善诱，因材施教。虽然只办了几年，梁、王两位大师一去世，立即解体，然而所创造的业绩却是非同小可。我不确切知道究竟毕业了多少人，估计只有几十个人，但几乎全都成了教授，其中有若干位还成了学术界的著名人物。听史学界的朋友说，中国20世纪30年代后形成了一个学术派别，名叫“吾师派”，大概是由某些人写文章常说的“吾师梁任公”“吾师王静安”“吾师陈寅恪”等衍变而来的。从这一件小事也可以看到清华国学研究院在学术界影响之大。

吾生也晚，没有能亲逢国学研究院的全盛时期。我于1930年入清华时，留美预备学堂和国学研究院都已不再存在，清华改成了国立清华大学。清华有一个特点：新生投考时用不着填上报考的系名，录取后，再由学生自己决定入哪一个系；读上一阵，觉得不恰当，还可以转系。转系在其他一些大学中极为困难，但在当时的清华，却真易如反掌。可是根据我的经验：世上万事万物都具有双重性。没有入系的选择自由，很不舒服；现在有了入系的选择自由，反而更不舒服。为了这个问题，我还真伤了点脑筋。系科盈目，左右掂量，好像都有点吸引力，究竟选择哪一个系呢？我一时好像变成了莎翁剧中的Hamlet碰到了To be or not to be—That is the question。我是从文科高中毕业的，按理说，文科的系对自己更适宜。然而我却忽然一度异想天开，想入数学系，真是“可笑不自量”。经过长时间的考虑，我决定入西洋文学系（后改名外国语文系）。这一件事也证明我“少无大志”，我并没有明确的志向，想当哪一门学科的专家。

当时的清华大学的西洋文学系，在全国各大学中是响当当的名牌。原因据说是由于外国教授多，讲课当然都用英文，连中国教授讲课有时也用英文。用英文讲课，这可真不得了呀！只是这一条就能够振聋发聩，于是就名满天下了。我当时未始不在被振发之列，又同我那虚无缥缈的出国梦联系起来，我就当机立断，选了西洋文学系。

从 1930 年到现在，67 个年头已经过去了。所有的当年的老师都已经去世了。最后去世的一位是后来转到北大来的美国的温德先生，去世时已经活过了百岁。我现在想根据我在清华学习四年的印象，对西洋文学系做一点评价，谈一谈我个人的一点看法。我想先从古希腊找一张护身符贴到自己身上：“吾爱吾师，吾尤爱真理。”有了这一张护身符，我就可以心安理得，能够畅所欲言了。

为什么选清华，不选北大？

北大、清华难考极了。我们那年到北京赶考的，八十多个人，占了北大、清华四个名额，实际上是三个人，我占了两个。我为什么选清华，不选北大？我都考上了。这就是押宝。我就下意识感觉到，要出国，清华比北大条件好。当时的学生，我们高中学生这一届最羡慕的就是出国。什么原因呢？出国回来以后啊，就是教授。那时候的教授，（是）美国留学生（的）很多。有的连学位都拿不到，（只要是从）美国回来，（回国后）就是教授，（没有学位）也能当教授。

我写过一篇文章，说北大当年出的题目挺怪的。北京大学的国文题目是“何谓科学方法，试分析详论之”。这国文怎么写科学方法呢？当时北大就是讲科学方法。王星拱（现代教育家、化学家、哲学家。毕业于英国伦敦大学帝国科学技术学院，1916 年回国任北京大学教授。曾在《新青年》等刊物上发表文章宣传科学知识，反对宗教迷信）出的题，考这个科学方法。不仅要写出“何谓科学方法”，

“试分析”还要“详论之”，简单了还不行。

（进入清华大学是）在秋天。入学的新生有几百人，大概是两百多人。在清华我们是六级学生。同学有姚锦新、王岷源、施闳诰、陈兆祊、武崇汉、鲍芳园、吕宝东、左登金、蔡淳。王岷源外号“红豆”，是骂人的话，开玩笑的。姚锦新是女的。蔡淳不是我的同班，他是后来的，比我晚一些。还有崔兴亚。他在宿舍闹（恶作剧）。这种习惯类似于美国的大学——老生欺负新生。就是恶作剧，比如往你床上泼凉水。都这样的。常来往的有陈兆祊、吕宝东、施闳诰、武崇汉。

钱锺书比我早一年，五级的。那时候他在清华园已经很有名了，这是我的印象。

（常看见）乔冠华腋下夹黑格尔著作，因为我们那时候也不同系，也不冷谈。后来，他之所以跟我一起，成为交换研究生，就是因为这《黑格尔全集》起了作用了。我那时候德文也不行。那教德文的教员啊，就是都不大负责任。

北京有个朝阳大学。朝阳大学这个学校最初招生还非常严，招三次，报名费三块大洋，到最后啊，一网打尽，都收。我到清华以后，有时候进城，进城就住在朝阳大学我的高中同学那里，没有地方住啊。有一次一个高同学说，你去替我上班（上课）。他那个班点名的是听差（名称就是服务员，清华叫工友，北大、朝阳叫听差）。（听差）只要看到座位上有个人就行，他不管是谁。两个小时一班，半个小时以后教授挺着个大肚子才来，听差提着茶壶。教授是大律师，我去的那一班啊，他讲什么问题呢？他讲的是，强奸了妇女，从法律上来讲怎么界定责任，就讲这个问题。

受用终生的两门课

专就我个人而论，专从学术研究发轫这个角度上来看，我认为，我在清华四年，有两门课对我影响最大：一门是旁听而又因时间冲突没能听全的历史系陈寅恪先生的“佛经翻译文学”；一门是中文系朱光潜先生的“文艺心理学”，是一门选修课。这两门不属于西洋文学系的课程，我可万没有想到会对我终生产生了深刻而悠久的影响，决非本系的任何课程所能相比于万一。陈先生上课时让每个学生都买一本《六祖坛经》。我曾到今天的美术馆后面的某一座大寺庙里去购买此书。先生上课时，任何废话都不说，先在黑板上抄写资料，把黑板抄得满满的，然后再根据所抄的资料进行讲解分析；对一般人都不注意的地方提出崭新的见解，令人顿生石破天惊之感，仿佛酷暑饮冰，凉意遍体，茅塞顿开。听他讲课，简直是最高最纯的享受。这同他写文章的做法如出一辙。当时我对他的学术论文已经读了一些，比如《四声三问》。每每还同几个同学到原物理楼南边王静安先生纪念碑前，共同阅读寅恪先生撰写的碑文，觉得文体与流俗不同，我们戏说这“同光体”。有时在路上碰到先生腋下夹着一个黄布书包，走到什么地方去上课，步履稳重，目不斜视，学生们都投以极其尊重的目光。

朱孟实（光潜）先生是北大的教授，在清华兼课。当时他才从欧洲学成归来。他讲“文艺心理学”，其实也就是美学。他的著作《文艺心理学》还没有出版，也没有讲义，他只是口讲，我们笔记。孟实先生的口才并不好，他不属于能言善辩一流，而且还似乎有点怕学生，讲课时眼睛总是往上翻，看着天花板上的某一个地方，不敢瞪着眼睛看学生。可他一句废话也不说，慢条斯理，操着安徽乡音很重的蓝青官话，讲着并不太容易理解的深奥玄虚的美学道理，句句仿佛都能钻入学生心中。他显然同鲁迅先生所说的那一类，在外国把老子或庄子写成论文让洋人吓了一跳，回国后却偏又讲康德、黑格尔的教授，完全不可相提并论。他深通西方哲学和当时在西方流行的美学流派，而对中国旧的诗词又极娴熟。所以在课堂上引东证西或引西证东，触类旁通，头头是道，毫无扞格牵强之处。我觉得，这才是真正的比较文学、比较诗学。这样的本领，在当时是凤毛麟角，到了今天，也不多见。他讲的许多理论，我终身难忘，比如Lipps的“感情移入说”，到现在我还认为是真理，不能更动。

陈、朱二师的这两门课，使我终生受用不尽。虽然我当时还没有敢梦想当什么学者，然而这两门课的内容和精神却已在潜移默化中融入了我的内心深处。如果说我的所谓“学术研究”真有一个待“发”的“轫”的话，那个“轫”就隐藏在这两门课里面。

那提心吊胆的一年

这已经是过去的事情了。现在旧事重提，好像是拣起一面古镜。用这一面古镜照一照今天，才更能显出今天的光彩焕发。

二十多年以前，我在大学里学习了四年西方语言文学以后，带着满脑袋的荷马、但丁、莎士比亚和歌德，回到故乡母校高级中学去当国文教员。当我走进学校大门的时候，我的心情是复杂的。可以说是一则以喜，一则以惧。喜的是我终于抓到了一个饭碗，这简直是绝处逢生；惧的是我比较熟悉的那一套东西现在用不上了，现在要往脑袋里面装屈原、李白和杜甫。

从一开始接洽这个工作，我脑子里就有一个问号：在那找饭碗如登天的时代里，为什么竟有一个饭碗自动地送上门来？我预感到这里面隐藏着什么危险的东西。但是，没有饭碗，就吃不成饭。我抱着铤而走险的心情想试一试再说。到了学校，才逐渐从别人的谈话中了解到，原来是校长想把本校的毕业生组织起来，好在对敌斗争中为他助一臂之力。我是第一届甲班的毕业生，又捞到了一张一个著名的大学的毕业证书；因此就被他看中，邀我来教书。英文教员满了额，就只好让我教国文。

就教国文吧。我反正是“瘸子掉在井里，捞起来也是坐”。只要有人敢请我，我就敢教。但是，问题却没有这样简单。我要教三个年级的三个班，备课要顾三头，而且都是古典文学作品。我小时候虽然念过一些《诗经》《楚辞》，但是时间隔了这样久，早已忘得差不多了。现在要教人，自己就要先弄懂。

可是，真正弄懂又不是一件轻而易举的事情。现在教国文的同事都是我从前的教员。我本来应该而且可以向他们请教的。但是，根据我的观察，现在我们之间的关系变了：不再是师生，而是饭碗的争夺者。在他们眼中，我几乎是一个眼中钉。即使我问他们，他们也不会告诉我的。我只好一个人单干。我日夜抱着一部《辞源》，加紧备课。有的典故查不到，就成天半夜地绕室彷徨。窗外校园极美，正盛开着木槿花。在暗夜中，阵阵幽香破窗而入。整个宇宙都静了下来，只有我一人还不能宁静。我又仿佛为人所遗弃，很想到什么地方去哭上一场。

我的老师们也并不是全不关心他们的老学生。我第一次上课以前，他们告诉我，先要把学生的名字都看上一遍，学生名字里常常出现一些十分生僻的字，有的话就查一查《康熙字典》。如果第一堂就念不出学生的名字，在学生心目中这个教员就毫无威信，不容易当下去，影响到饭碗。如果临时发现了不认识的字，就不要点这个名。点完后只需问上一声："还有没点到名的吗？"那一个学生一定会举手站起来。然后再问一声："你叫什么名字呀？"他自己一报名，你也就认识了那一个字。如此等等，威信就可以保得十足。

这虽是小小的一招，我却是由衷感激。我教的三个班果然有几个学生的名字连《辞源》上都查不到。如果没有这一招，我的威信恐怕一开始就破了产，连一年教员也当不成了。

可是课堂上也并不总是平静无事。我的学生有的比我还大，从小就在家里念私塾，旧书念得很不少。有一个学生曾对我说："老师，我比你大五岁哩。"说罢嘿嘿一笑，我觉得里面有威胁，有嘲笑。比我大五岁，又有什么办法呢？我这老师反正还要当下去。

当时好像有一种风气：教员一定要无所不知。学生以此要求教员，教员也以此自居。在课堂上，教员决不能承认自己讲错了，决不能有什么问题答不出。否则就将为学生所讥笑。但是像我当时那样刚从外语系毕业的大娃娃教国文怎能完全讲对呢？怎能完全回答同学们提出来的问题呢？有时候，只好王顾左右而言他；被逼得紧了，就硬着头皮，乱说一通。学生究竟相信不相信，我不清楚。反正他们也不是傻子，老师究竟多轻多重，他们心中有数。我自己十分痛苦。下班回到寝室，思前想后，坐立不安。孤苦寂寥之感又突然袭来，我又仿佛为人们所遗弃，想到什么地方去哭上一场。

别的教员怎样呢？他们也许都有自己的烦恼，家家有一本难念的经。但是有几个人却是整天价满面春风，十分愉快。我有时候也从别人嘴里听到一些风言风语，说某某人陪校长太太打麻将了，某某人给校长送礼了，某某人请校长夫妇吃饭了。

我立刻想到自己的饭碗，也想学习他们一下。但是，却来了问题：买礼物，准备酒席，都不是极困难的事情。可是，怎样送给人家呢？怎样请人家呢？如果只说："这是礼物，我要送给你。"或者："我要请你吃饭。"虽然也难免心跳脸红，但我自问还干得了。可是，这显然是不行的，事情并没有这样简单，一定还要耍一些花样。这就是我力所不能及的事情了。我在自己屋里，再三考虑，甚至自我表演，暗诵台词。最后，我只有承认，我在这方面缺少天才，只好作罢。我仿佛看到自己手里的饭碗已经有点飘动。我真想到什么地方去哭上一场。

就这样，半年过去了。到了放寒假的时候，一位河南籍的物理教员，因为靠山教育厅的一位科长垮了台，就要被解聘。校长已经托人暗示给他，他虽然没有出路，也只有忍痛辞职。我们校长听了，故意装得大为震惊，三番两次到这位教员屋里去挽留，甚至声泪俱下，最后还表示要与他共进退。我最初只是一位旁观者，站在旁边看校长的表演艺术，欣赏他的表演天才。但是，看来看去，我自己竟糊涂起来，我给校长的真挚态度所感动了。我也自动地变成演员，帮着校长挽留他。那位教员阅历究竟比我深，他不为所动，还是卷了铺盖。因为他知道，连他的继任人选都已经安排好了。

我又长了一番见识，暗暗地责备自己糊涂。同时，我也不寒而栗，将来会不会有一天校长也要同我“共进退”呢？

也就在这时候，校长大概逐渐发现，在我这个人身上，他失了眼力，看错了人。我到了学校以后，虽然也在别人的帮助（毋宁说是牵引）下，把高中毕业同学组织起来，并且被选为什么主席。但是，从那以后，就一点活动也没有。我确实不知道，应该活动一些什么。虽然我绞尽脑汁，办法就是想不出。这样当然就与校长原意相违了。他表面上待我还是客客气气。只是有一次在有意和无意之间他对我说道：“你很安静。”什么叫作“安静”呢？别人恐怕很难体会这两个字的意思，我却是能体会的。我回到寝室，又绕室彷徨。“安静”两个字给我以大威胁。我的饭碗好像就与这两个字有关。我又仿佛为人所遗弃，想到什么地方去哭上一场。

春天早过，夏天又来，这正是中学教员最紧张的时候。在教员休息室里，经常听到一些窃窃私语：“拿到了没有？”不用说拿到什么，大家都了解，这指的是下学期的聘书。有的神色自若，微笑不答。这都是有办法的人，与校长关系密切，或者属于校长的基本队伍。只要校长在，他们决不会丢掉饭碗。有的就神色仓皇，举止失措。这样的人没有靠山，饭碗掌握在别人手里，命定是一年一度紧张。我把自己归入这一类。我的神色如何，自己看不见，但是心情自己是知道的。校长给我下的断语：安静。我觉得，就已经决定了我的命运。但我还侥幸有万一的幻想，因此在仓皇中还有一点镇静。

但是，这镇静是不可靠的。我心里的滋味实际上同一年前大学将要毕业时差不多。我见了人，不禁也窃窃私语："拿到了没有？"我不喜欢那些神态自若的人。我只愿意接近那些神色仓皇的人。只有对这一些人，我才有同病相怜之感。

这时候，校园更加美丽了。木槿花虽还开放，但已经长满了绿油油的大叶子。玫瑰花开得一丛一丛的，池塘里的水浮莲已经开出黄色的花朵。

"小园香径独徘徊"，是颇有诗意的。可惜我什么诗意都没有。我耳边只有一个声音："拿到了没有？"我觉得，大地茫茫，就是没有我的容身之处。

我又想到什么地方去哭上一场。

这事情已经过去了二十多年。但是，每一回忆起那提心吊胆的情况，就历历如在眼前，我真是永世难忘。现在把它写了出来，算是送给今年毕业同学的一件礼物，送给他们一面镜子。在这里面，可以照见过去与现在，可以照出自己应该走的道路。

1963 年 7 月 21 日

留学热

20世纪三四十年代，一股浓烈的留学热弥漫全国，其声势之大决不下于今天。留学牵动着成千上万青年学子的心。我曾亲眼看到，一位同学听到别人出国而自己则无份时，一时浑身发抖，眼直口呆，满面流汗，他内心震动之剧烈可想而知。

为什么会出现这样的现象呢？仔细分析其中原因，有的同今天差不多，有的则完全不同。相同的原因我在这里不谈了。不同的原因，其根底是社会制度不同。那时候有两句名言："毕业即失业"；"要努力抢一只饭碗"。一个大学毕业生，如果没有后门，照样找不到工作，也就是照样抢不到一只饭碗。如果一个人能出国一趟，当时称之为"镀金"，一回国身价百倍，金光闪烁，好多地方会抢着要他，成了"抢手货"。

当时要想出国，无非走两条路：一条是私费，一条是官费。前者只有富商、显宦的子女才能办到。后者又有两种：一种是全国性质的官费，比如留英庚款、留美庚款之类；一种是各省举办的。二者都要经过考试。这两种官费人数都极端少，只有一两个。在芸芸学子中，走这条路，比骆驼钻针眼还要困难。是否有走后门的？我不敢说绝对没有。但是根据我个人的观察，一般是比较公道的，录取的学员中颇多英俊之材。这种官费钱相当多，可以在国外过十分舒适的生活，往往令人羡煞。

我当然也患了留学热，而且其严重程度决不下于别人。可惜我投胎找错了地方，我的家庭在乡下是贫农，在城里是公务员，连个小官都算不上。平常日子，勉强糊口。我于 1934 年大学毕业时，叔父正失业，家庭经济实际上已经破了产，其贫窘之状可想而知。私费留学，我想都没有想过，我这个癞蛤蟆压根儿不想吃天鹅肉，我还没有糊涂到那个程度。官费留学呢，当时只送理工科学生，社会科学受到歧视。我们社会科学者运交华盖，只好怨我们命苦了。

总而言之，我大学一毕业，立刻就倒了霉，留学无望，饭碗难抢；临渊羡鱼，有网难结；穷途痛哭，无地自容。母校（省立济南高中）校长宋还吾先生要我回母校当国文教员，好像绝处逢生。但是我学的是西洋文学，满脑袋歌德、莎士比亚，一旦换为屈原、杜甫，我换得过来吗？当时中学生颇有“架”教员的风气。所谓“架”，就是赶走。我自己“架”人的经验是有一点的，被“架”的经验却无论如何也不想沾边。我考虑再三，到了暑假离开清华园时，我才咬了咬牙：“你敢请我，我就敢去！”大有破釜沉舟之慨了。

省立济南高中是当时全山东唯一的一所高级中学。国文教员，待遇优渥，每月一百六十块大洋，是大学助教的一倍，折合今天人民币，至少可以等于三千二百元。这是颇有一些吸引力的。为什么这样一只“肥”饭碗竟无端落到我手中了呢？原因是有一点的。我虽然读西洋文学，但从小喜欢舞笔弄墨，发表了几篇散文，于是就被认为是作家，而在当时作家都是被认为能教国文的，于是我就成了国文教员。但是，如人饮水，冷暖自知，我深知自己能吃几碗干饭，心虚在所难免。我真是如履薄冰似的走上了讲台。

但是，宋校长真正聘我的原因，还不就这样简单。当时山东中学界抢夺饭碗的搏斗是异常激烈的。常常是一换校长，一大批教员也就被撤换。一个校长身边都有一个行政班子，教务长、总务长、训育主任、会计，等等，一应俱全，好像是一个内阁。在外围还有一个教员队伍。这些人都是与校长共进退的。这时山东中学教育界有两大派系：北大派与师大派，两者钩心斗角，争夺地盘。宋校长是北大派的头领，与当时的教育厅长何思源，是菏泽六中和北京大学的同学，私交颇深。有人说，如果宋校长再是美国哥伦比亚大学的学生，与何在国外也是同学，则他的地位会更上一层楼，不止是校长，而是教育厅的科长了。

总之，宋校长率领着北大派浩荡大军，同师大派两军对垒。他需要支持，需要一支客军。于是一眼就看上了我这个超然于两派之外的清华大学毕业生，兼高中第一级的毕业生。他就请我当了国文教员，授意我组织高中毕业同学会，以壮他的声势。我虽涉世未深，但他这一点苦心，我还是能够体会的。可惜我天生不是干这种事的料，我不会吹牛拍马，不愿陪什么人的太太打麻将。结果同学会没有组成，我感到抱歉，但是无能为力。宋校长对别人说：“羡林很安静！”宋校长不愧是北大国文系毕业生，深通国故，有很高的古典文学造诣，他使用了“安静”二字，借用王国维的说法，一着此二字，则境界全出，胜似别人的千言万语。不幸的是，我也并非白痴，多少还懂点世故，聆听之下，心领神会；然而握在手中的那一只饭碗，则摇摇欲飞矣。

因此，我必须想法离开这里。

离开这里，到哪里去呢？“抬眼望尽天涯路”，我只看到人海茫茫，没有一个归宿。按理说，我当时的生活和处境是相当好的。我同学生相处得很好。我只有二十三岁，不懂什么叫架子。学生大部分同我年龄差不多，有的比我还要大几岁，我觉得他们是伙伴。我在一家大报上主编一个文学副刊，可以刊登学生的文章，这对学生是极有吸引力的。同教员同事关系也很融洽，几乎每周都同几个志同道合者，出去吃小馆，反正工资优厚，物价又低，谁也不会吝啬，感情更易加深。从外表看来，真似神仙生活。

然而我情绪低沉，我必须想法离开这里。

离开这里，至高无上的梦就是出国镀金。我常常面对屋前的枝叶繁茂花朵鲜艳的木槿花，面对小花园里的亭台假山，做着出国的梦。同时，在灯红酒绿中，又会蓦地感到手中的饭碗在动摇。二十刚出头的年龄，却心怀百岁之忧。我的精神无论如何也振作不起来。

我有时候想：就这样混下去吧，反正自己毫无办法，空想也白搭。俗话说："车到山前必有路。"我这辆车还没驶到山前，等到了山前再说吧。

然而不行。别人出国留学镀金的消息，不时传入自己耳中。一听到这种消息，就像我看别人一样，我也是浑身发抖。我遥望欧山美水，看那些出国者如神仙中人。而自己则像人间凡夫，"更隔蓬山千万重"了。

我就这样度过了一整年。

天赐良机

正当我心急似火而又一筹莫展的时候，真像是天赐良机，我的母校清华大学同德国学术交换处（DAAD）签订了一个合同：双方交换研究生，路费制装费自己出，食宿费相互付给：中国每月三十块大洋，德国一百二十马克。条件并不理想，一百二十马克只能勉强支付食宿费用。相比之下，官费一个月八百马克，有天渊之别了。

然而，对我来说，这却像是一根救命的稻草，非抓住不行了。我在清华名义上主修德文，成绩四年全优（这其实是名不符实的），我一报名，立即通过。但是，我的困难也是明摆着的：家庭经济濒于破产，而且亲老子幼。我一走，全家生活靠什么来维持呢？我面对的都是切切实实的现实困难，在狂喜之余，不由得又心忧如焚了。

我走到了一个歧路口上：一条路是桃花，一条路是雪。开满了桃花的路上，云蒸霞蔚，前程似锦，不由得你不想往前走。堆满了雪的路上，则是暗淡无光，摆在我眼前是终生青衾，老死学宫，天天为饭碗而搏斗，时时引“安静”为鉴戒。究竟何去何从？我逢到了生平第一次重大抉择。

出乎意料，我得到了我叔父和全家的支持。他们对我说：我们咬咬牙，过上两年紧日子；只要饿不死，就能迎来胜利的曙光，为祖宗门楣增辉。这种思想根源，我是清清楚楚的。当时封建科举的思想，仍然在社会上流行。人们把小学毕业看作秀才，高中毕业看作举人，大学毕业看作进士，而留洋镀金则是翰林一流。在人们眼中，我已经中了进士。古人说：没有场外的举人。我现在则是场外的进士。我眼看就要入场，焉能悬崖勒马呢？

认为我很“安静”的那一位宋还吾校长，也对我完全刮目相看，表现出异常的殷勤，亲自带我去找教育厅长，希望能得到点资助。但是，我不成材，我的“安静”又害了我，结果空手而归，再一次让校长失望。但是，他热情不减，又是勉励，又是设宴欢送，相期学成归国之日再共同工作，令我十分感动。

我高中的同事们，有的原来就是我的老师，有的是我的同辈，但年龄都比我大很多。他们对我也是刮目相看。年轻一点的教员，无不患上了留学热。也都是望穿秋水，欲进无门，谁也没有办法。现在我忽然捞到了镀金的机会，洋翰林指日可得，宛如蛰龙升天，他年回国，决不会再待在济南高中了。他们羡慕的心情溢于言表。我忽然感觉到，我简直成了《儒林外史》中的范进，虽然还缺一个老泰山胡屠户和一个张乡绅，然而在众人心目中，我忽然成了特殊人物，觉得非常可笑。我虽然还没有春风得意之感，但是内心深处是颇为高兴的。

但是，我的困难是显而易见的。除了前面说到的家庭经济困难之外，还有制装费和旅费。因为到了德国以后，不可能有余钱买衣服，在国内制装必须周到齐全。这都需要很多钱。在过去一年内，我从工资中节余了一点钱，数量不大；向朋友借了点钱，七拼八凑，勉强做了几身衣服，装了两大皮箱。长途万里的旅行准备算是完成了。此时，我心里不知道是什么滋味，酸、甜、苦、辣，搅和在一起，但是决没有像调和鸡尾酒那样美妙。我充满了渴望，而又忐忑不安，有时候想得很美，有时候又忧心忡忡，在各种思想矛盾中，迎接我生平第一次大抉择、大冒险。

道路终于找到了（节选）

在哥廷根，我要走的道路终于找到了，我指的是梵文的学习。这条道路，我已经走了将近六十年，今后还将走下去，直到不能走路的时候。

这条道路同哥廷根大学是分不开的。因此我在这里要讲讲大学。

哥廷根大学创建于中世纪，至今已有几百年的历史，是欧洲较为古老的大学之一。它共有五个学院：哲学院、理学院、法学院、神学院、医学院。它一直没有一座统一的建筑，没有一座统一的大楼。各个学院分布在全城各个角落，研究所更是分散得很，许多大街小巷，都有大学的研究所。学生宿舍更没有大规模的。小部分学生住在各自的学生会中，绝大部分分住在老百姓家中。行政中心叫 Aula，楼下是教学和行政部门。楼上是哥廷根科学院。文法学科上课的地方有两个：一个叫大讲堂，一个叫研究班大楼。白天，大街上走的人中有一大部分是到各地上课的男女大学生。熙熙攘攘，煞是热闹。

在历史上，大学出过许多名人。德国最伟大的数学家高斯，就是这个大学的教授。在高斯以后，这里还出过许多大数学家。从 19 世纪末起，一直到我去的时候，这里公认是世界数学中心。当时当代最伟大的数学家大卫·希尔伯特虽已退休，但还健在。他对中国学生特别友好。我曾在一家书店里遇到过他，他走上前来，跟我打招呼。除了数学以外，理科学科中的物理、化学、天文、气象、地质等，教授阵容都极强大。有几位诺贝尔奖金获得者，在这里任教。蜚声全球的化学家 A· 温道斯就是其中之一。文科教授的阵容，同样也是强大的。在德国文学史和学术史上占有重要地位的格林兄弟，都在哥廷根大学待过。他们的童话流行全世界，在中国也可以说是家喻户晓。他们的大字典，一百多年以后才由许多德国专家编纂完成，成为德国语言研究中的一件大事。

哥廷根大学文理科的情况大体就是这样。

在这样一座面积虽不大但对我这样一个异域青年来说仍然像迷宫一样的大学城里，要想找到有关的机构，找到上课的地方，实际上是并不容易的。如果没有人协助、引路，那就会迷失方向。我三生有幸，找到了这样一个引路人，这就是章用。章用的父亲是鼎鼎大名的“老虎总长”章士钊。外祖父是在朝鲜统兵抗日的吴长庆。母亲是吴弱男，曾做过孙中山的秘书，名字见于钱基博的《现代中国文学史》。总之，他出身于世家大族，书香名门。但却同我在柏林见到的那些“衙内”完全不同，一点纨绔习气也没有。他毋宁说是有点孤高自赏，一身书生气。他家学渊源，对中国古典文献有湛深造诣，能写古文，作旧诗。却偏又喜爱数学，于是来到了哥廷根这个世界数学中心，读博士学位。我到的时候，他已经在这里住了五六年，老母吴弱男陪儿子住在这里。哥廷根中国留学生本来只有三四人。章用脾气孤傲，不同他们来往。我因从小喜好杂学，读过不少的中国古典诗词，对文学、艺术、宗教等有自己的一套看法。乐森先生介绍我认识了章用，经过几次短暂的谈话，简直可以说是一见如故，情投意合。他也许认为我同那些言语乏味、面目可憎的中国留学生迥乎不同，所以立即垂青，心心相印。他赠过一首诗：

空谷足音一识君
相期诗伯苦相薰
体裁新旧同尝试
胎息中西沐见闻
胸宿赋才徕物与
气嘘大笔发清芬
千金敝帚孰轻重
后世凭猜定小文

可见他的心情。我也认为，像章用这样的人，在柏林中国饭馆里面是绝对找不到的。所以，我也很乐于同他亲近。章伯母有一次对我说：“你来了以后，章用简直像变了一个人。他平常是绝对不去拜访人的，现在一到你家，就老是不回来。”我初到哥廷根，陪我奔波全城，到大学教务处，到研究所，到市政府，到医生家里，等等，注册选课，办理手续的，就是章用。他穿着那一身黑色的旧大衣，动摇着瘦削不高的身躯，陪我到处走。此情此景，至今宛然如在眼前。

他带我走熟了哥廷根的路，但我自己要走的道路还没能找到。

我在上面提到，初到哥廷根时，就有意学习古代文字。但这只是一种朦朦胧胧的想法，究竟要学习哪一种古文字，自己并不清楚。在柏林时，汪殿华曾劝我学习希腊文和拉丁文，认为这是当时祖国所需要的。到了哥廷根以后，同章用谈到这个问题，他劝我只读希腊文，如果兼读拉丁文，两年时间来不及。在德国中学里，要读八年拉丁文，六年希腊文。文科中学毕业的学生，个个精通这两种欧洲古典语言，我们中国学生完全无法同他们在这方面竞争。我经过初步考虑，听从了他的意见。第一学期选课，就以希腊文为主。德国大学是绝对自由的。只要中学毕业，就可以愿意入哪个大学，就入哪个，不懂什么叫入学考试。入学以后，愿意入哪个系，就入哪个；愿意改系，随时可改；愿意选多少课，选什么课，悉听尊便；学文科的可以选医学、神学的课；也可以只选一门课，或者选十门、八门。

上课时，愿意上就上，不愿意上就走；迟到早退，完全自由。从来没有课堂考试。有的课开课时需要教授签字，这叫开课前的报到，学生就拿课程登记簿请教授签；有的在结束时还需要教授签字，这叫课程结束时的教授签字。此时，学生与教授可以说是没有多少关系。有的学生，初入大学时，一学年，或者甚至一学期换一个大学。几经转学，二三年以后，选中了自己满意的大学，满意的系科，这时才安定住下，同教授接触，请求参加他的研究班，经过一两个研究班，师生互相了解了，教授认为孺子可教，才给博士论文题目。再经过几年努力写作，教授满意了，就举行论文口试答辩，及格后，就能拿到博士学位。在德国，是教授说了算，什么院长、校长、部长都无权干预教授的决定。如果一个学生不想作论文，决没有人强迫他。只要自己有钱，他可以十年八年地念下去。这就叫作“永恒的学生”，是一种稀有动物。

我就是在这样一种绝对自由的气氛中，在第一学期选了希腊文。另外又杂七杂八地选了许多课，每天上课六小时。我的用意是练习听德文，并不想学习什么东西。

我选课虽然以希腊文为主，但是学习情绪时高时低，始终并不坚定。第一堂课印象就不好。1935 年 12 月 5 日，我在日记中写道：

上了课，Rabbow 的声音太低，我简直听不懂。他也不问我，如坐针毡，难过极了。下了课走回家来的时候，痛苦啃着我的心——我在哥廷根做的唯一的美丽的梦，就是学希腊文。然而，照今天的样子看来，学希腊文又成了一种绝大的痛苦。我岂不将要一无所成了吗？

日记中这样动摇的记载还有多处，可见信心之不坚。其间，我还自学了一段时间的拉丁文。最有趣的是，有一次自己居然想学古埃及文。心情之混乱可见一斑。

这都说明，我还没有找到要走的路。

至于梵文，我在国内读书时，就曾动过学习的念头。但当时国内没有人教梵文，所以愿望没有能实现。来到哥廷根，认识了一位学冶金学的中国留学生湖南人龙丕炎（范禹），他主攻科技，不知道为什么却学习过两个学期的梵文。我来到时，他已经不学了，就把自己用的施滕茨勒著的一本梵文语法送给了我。我同章用也谈过学梵文的问题，他鼓励我学。于是，在我选择道路徘徊踟蹰的混乱中，又增加了一层混乱。幸而这混乱只是暂时的，不久就从混乱的阴霾中流露出来了阳光。1935 年 12 月 16 日，我在日记中写道：

我又想到我终于非读 Sanskrit（梵文）不行。中国文化受印度文化的影响太大了。我要对中印文化关系彻底研究一下，或能有所发现。在德国能把想学的几种文字学好，也就不虚此行了，尤其是 Sanskrit，回国后再想学，不但没有那样的机会，也没有那样的人。

1935 年 12 月 17 日，我在日记中又写道：

我又想到 Sanskrit，我左想右想，觉得非学不行。

1936 年 1 月 2 日的日记中写道：

仍然决意读 Sanskrit。自己兴趣之易变，自己都有点吃惊了。决意读希腊文的时候，自己发誓而且希望，这次不要再变了，而且自己也坚信不会再变了，但终于又变了。我现在仍然发誓而且希望不要再变了。再变下去，会一无所成的。不知 Sehicksal（命运）可能允许我这次坚定我的信念吗？

我这次的发誓和希望没有落空，命运允许我坚定了我的信念。

我毕生要走的道路终于找到了，我沿着这一条道路一走走了半个多世纪，一直走到现在，而且还要走下去。

哥廷根实际上是学习梵文最理想的地方。除了上面说到的城市幽静、风光旖旎之外，哥廷根大学有悠久的研究梵文和比较语言学的传统。19 世纪上半叶研究《五卷书》的一个转译本《卡里来和迪木乃》的大家、比较文学史学的创建者本发伊就曾在这里任教。19 世纪末弗朗茨·基尔霍恩在此地任梵文教授。接替他的是海尔曼·奥尔登堡教授。奥尔登堡教授的继任人是读通吐火罗文残卷的大师西克教授。1935 年，西克退休，瓦尔德施密特接掌梵文讲座。这正是我到哥廷根的时候。被印度学者誉为活着的最伟大的梵文家雅可布·瓦克尔纳格尔曾在比较语言学系任教。真可谓梵学天空，群星灿列。再加上大学图书馆，历史极久，规模极大，藏书极富，名声极高，梵文藏书甲德国，据说都是基尔霍恩从印度搜罗到的。这样的条件，在德国当时是无与伦比的。

我决心既下，1936年春季开始的那一学期，我选了梵文。1936年4月2日，我到高斯—韦伯楼东方研究所去上第一课。这是一座非常古老的建筑。当年大数学家高斯和大物理学家韦伯试验他们发明的电报，就在这座房子里，它因此名扬全球。楼下是埃及学研究室，巴比伦、亚述、阿拉伯文研究室。楼上是斯拉夫语研究室，波斯、土耳其语研究室和梵文研究室。梵文课就在研究室里上。这是瓦尔德施密特教授第一次上课，也是我第一次同他会面。他看起来非常年轻。他是柏林大学梵学大师海因里希·吕德斯的学生，是研究我国新疆出土的梵文佛典残卷的专家，虽然年轻，已经在世界梵文学界颇有名声。可是选梵文课的却只有我一个学生，而且还是外国人。虽然只有一个学生，他仍然认真严肃地讲课，一直讲到四点才下课。这就是我梵文学习的开始。研究所有一个小图书馆，册数不到一万，然而对一个初学者来说，却是应有尽有。最珍贵的是奥尔登堡的那一套上百册的德国和世界各国梵文学者寄给他的论文汇集，分门别类，装订成册，大小不等，语言各异。如果自己去搜集，那是无论如何也不会这样齐全的，因为有的杂志非常冷僻，到大图书馆都不一定能查到。在临街的一面墙上，在镜框里贴着德国梵文学家的照片，有三四十人之多。从中可见德国梵学之盛。这是德国学术界十分值得骄傲的地方。

我从此就天天到这个研究所来。

我从此就找到了我真正想走的道路。

学习吐火罗文

一个人一生中不能没有偶然性，偶然性能给人招灾，也能给人造福。

我学习吐火罗文，就与偶然性有关。

说句老实话，我到哥廷根以前，没有听说过什么吐火罗文。到了哥廷根以后，读通了吐火罗文的大师西克就在眼前，我也还没有想到学习吐火罗文。原因其实是很简单的。我要学三个系，已经选了那么多课程，学了那么多语言，已经是超负荷了。我是有自知之明的（有时候我觉得过了头），我学外语的才能不能说一点都没有，但是决非语言天才。我不敢在超负荷上再超负荷。而且我还想到，我是中国人，到了外国，我就代表中国。我学习砸了锅，丢个人的脸是小事，丢国家的脸却是大事，决不能掉以轻心。因此，我随时警告自己：自己的摊子已经铺得够大了，决不能再扩大了。这就是我当时的想法。

但是，正如我在上面已经讲到的，第二次世界大战一爆发，瓦尔德施密特被征从军，西克出来代理他。老人家一定要把自己的拿手好戏统统传给我。他早已越过古稀之年。难道他不知道教书的辛苦吗？难道他不知道在家里颐养天年会更舒服吗？但又为什么这样自找苦吃呢？我猜想，除了个人感情因素之外，他是以学术为天下之公器，想把自己的绝学传授给我这个异域的青年，让印度学和吐火罗学在中国生根开花。

总之，西克教授提出了要教我吐火罗文，丝毫没有征询意见的意味，他也不留给我任何考虑的余地。他提出了意见，立刻安排时间，马上就要上课。我真是深深地被感动了，除了感激之外，还能有什么话说呢？我下定决心，扩大自己的摊子，“舍命陪君子”了。

能够到哥廷根来跟这一位世界权威学习吐火罗文，是世界上许多学者的共同愿望。多少人因为得不到这样的机会而自怨自艾。我现在是近水楼台，是为许多人所艳羡的。这一点我是非常清楚的。我要是不学，实在是难以理解的。正在西克给我开课的时候，比利时的一位治赫梯文的专家沃尔特·古勿勒（Walter Couvreur）来到哥廷根，想从西克教授治吐火罗文。时机正好，于是一个吐火罗文特别班就开办起来了。大学的课程表上并没有这样一门课，而且只有两个学生，还都是外国人，真是一个特别班。可是西克并不马虎。以他那耄耋之年，每周有几次从城东的家中穿过全城，走到高斯—韦伯楼来上课，精神矍铄，腰板挺直，不拿手杖，不戴眼镜，他本身简直就是一个奇迹。走这样远的路，却从来没有人陪他。他无儿无女，家里没有人陪，学校里当然更不管这些事。尊老的概念，在西方国家，几乎根本没有。西方社会是实用主义的社会。一个人对社会有用，他就有价值；一旦没用，价值立消。没有人认为其中有什么不妥之处。因此西克教授对自己的处境也就安之若素，处之泰然了。

吐火罗文残卷只有中国新疆才有。原来世界上没有人懂这种语言，是西克和西克灵在比较语言学家 W· 舒尔策帮助下，读通了的。他们三人合著的吐火罗语语法，蜚声全球士林，是这门新学问的经典著作。但是，这一部长达五百一十八页的煌煌巨著，却决非一般的入门之书，而是异常难读的。它就像是一片原始森林，艰险复杂，歧路极多，没有人引导，自己想钻进去，是极为困难的。读通这一种语言的大师，当然就是最理想的引路人。西克教吐火罗文，用的也是德国的传统方法，这一点我在上面已经谈到过。他根本不讲解语法，而是从直接读原文开始。

我们一起头就读他同他的伙伴西克灵共同转写成拉丁字母、连同原卷影印本一起出版的吐火罗文残卷——西克经常称之为“精制品”的《福力太子因缘经》。我们自己在下面翻读文法，查索引，译生词；到了课堂上，我同古勿勒轮流译成德文，西克加以纠正。这工作是异常艰苦的。原文残卷残缺不全，没有一页是完整的，连一行完整的都没有，虽然是“精制品”，也只是相对而言，这里缺几个字，那里缺几个音节。不补足就抠不出意思，而补足也只能是以意为之，不一定有很大的把握。结果是西克先生讲得多，我们讲得少。读贝叶残卷，补足所缺的单词儿或者音节，一整套做法，我就是在吐火罗文课堂上学到的。我学习的兴趣日益浓烈，每周两次上课，我不但不以为苦，有时候甚至有望穿秋水之感了。

不知道为什么原因，我回忆当时的情景，总是同积雪载途的漫长的冬天联系起来。有一天，下课以后，黄昏已经提前降临到人间，因为天阴，又由于灯火管制，大街上已经完全陷入一团黑暗中。我扶着老人走下楼梯，走出大门。十里长街积雪已深，阒无一人。周围静得令人发怵，脚下响起了我们踏雪的声音，眼中闪耀着积雪的银光。好像宇宙间就只剩下我们师徒二人。我怕老师摔倒，紧紧地扶住了他，就这样一直把他送到家。我生平可以回忆值得回忆的事情，多如牛毛，但是这一件小事却牢牢地印在我的记忆里。每一回忆就感到一阵凄清中的温暖，成为我回忆的“保留节目”。然而至今已时移境迁，当时认为是细微小事，今生今世却决无可能重演了。

同这一件小事相联的，还有一件小事。哥廷根大学的教授们有一个颇为古老的传统：星期六下午，约上二三同好，到山上林中去散步，边走边谈，谈的也多半是学术问题；有时候也有争论，甚至争得面红耳赤。此时大自然的旖旎风光，在这些教授心目中早已不复存在了，他们关心的还是自己的学问。不管怎样，这些教授在林中漫游倦了，也许找一个咖啡馆，坐下喝点什么，吃点什么。然后兴尽回城。有一个星期六的下午，我在山下散步，逢巧遇到西克先生和其他几位教授正要上山。我连忙向他们致敬。

西克先生立刻把我叫到眼前，向其他几位介绍说：“他刚通过博士论文答辩，是最优等。”言下颇有点得意之色。我真是既感且愧。我自己那一点学习成绩，实在是微不足道，然而老人竟这样赞誉，真使我不安了。中国唐诗中杨敬之诗：“平生不解藏人善，到处逢人说项斯。”“说项”传为美谈，不意于万里之外的异域见之。除了砥砺之外，我还有什么好说呢？

有一次，我发下宏愿大誓，要给老人增加点营养，给老人一点欢悦。要想做到这一点，只有从自己的少得可怜的食品分配中硬挤。我大概有一两个月没有吃奶油，忘记了是从哪里弄到的面粉和贵似金蛋的鸡蛋，以及一斤白糖，到一个最有名的糕点店里，请他们烤一个蛋糕。这无疑是一件极其贵重的礼物，我像捧着一个宝盒一样把蛋糕捧到老教授家里。这显然有点出他意料，他的双手有点颤抖，叫来了老伴，共同接了过去，连“谢谢”二字都说不出来了。这当然会在我腹中饥饿之火上又加上了一把火。然而我心里是愉快的，成为我一生最愉快的回忆之一。

等到美国兵攻入哥廷根以后，炮声一停，我就到西克先生家去看他。他的住房附近落了一颗炮弹，是美军从城西向城东放的。他的夫人告诉我，炮弹爆炸时，他正伏案读有关吐火罗文的书籍，窗子上的玻璃全被炸碎，玻璃片落满了一桌子，他奇迹般地竟然没有受任何一点伤。我听了以后，真不禁后怕起来了。然而对这一位把研读吐火罗文置于性命之上的老人，我的崇敬之情在内心里像大海波涛一样汹涌澎湃起来。西克先生的个人成就，德国学者的辉煌成就，难道是没有原因的吗？从这一件小事中我们可以学习多少东西呢？同其他一些有关西克先生的小事一样，这一件也使我毕生难忘。

我拉拉杂杂地回忆了一些我学习吐火罗文的情况。我把这归之于偶然性。这是对的，但还有点不够全面。偶然性往往与必然性相结合。在这里有没有必然性呢？不管怎样，我总是学了这一种语言，而且把学到的知识带回到中国。尽管我始终没有把吐火罗文当作主业，它只是我的副业，中间还由于种种原因我几乎有三十年没有搞，只是由于另外一个偶然性我才又重理旧业；但是，这一种语言的研究在中国毕竟算生了根，开花结果是必然的结果。一想到这一点，我对我这一位像祖父般的老师的怀念之情和感激之情，便油然而生。

现在西克教授早已离开人世，我自己也年届耄耋，能工作的日子有限了。但是，一想我的老师西克先生，我的干劲就无限腾涌。中国的吐火罗学，再扩大一点说，中国的印度学，现在可以说是已经奠了基。我们有一批朝气蓬勃的中青年梵文学者，是金克木先生和我的学生和学生的学生，当然也可以说是西克教授和瓦尔德施密特教授学生的学生的学生。他们将肩负起繁荣这一门学问的重任，我深信不疑。一想到这一点，我虽老迈昏庸，又不禁有一股清新的朝气涌上心头。

怀念母亲

我一生有两个母亲：一个是生我的那个母亲；一个是我的祖国母亲。

我对这两个母亲怀着同样崇高的敬意和同样真挚的爱慕。

我六岁离开我的生母，到城里去住。中间曾回故乡两次，都是奔丧，只在母亲身边待了几天，仍然回到城里。最后一别八年，在我读大学二年级的时候，母亲弃养，只活了四十多岁。我痛哭了几年，食不下咽，寝不安席。我真想随母亲于地下。我的愿望没能实现。从此我就成了没有母亲的孤儿。一个缺少母爱的孩子，是灵魂不全的人。我怀着不全的灵魂，抱终天之恨。一想到母亲，就泪流不止，数十年如一日。如今到了德国，来到哥廷根这一座孤寂的小城，不知道是为什么，母亲频来入梦。

我的祖国母亲，我这是第一次离开她。离开的时间只有短短几个月，不知道是为什么，我这个母亲也频来入梦。

为了保存当时真实的感情，避免用今天的情感篡改当时的感情，我现在不加叙述，不作描绘，只从初到哥廷根的日记中摘抄几段：

1935 年 11 月 16 日

不久外面就黑起来了。我觉得这黄昏的时候最有意思。我不开灯，只沉默地站在窗前，看暗夜渐渐织上天空，织上对面的屋顶。一切都沉在朦胧的薄暗中。我的心往往在沉静到不能再沉静的氛围里，活动起来。这活动是轻微的，我简直不知道有这样的活动。我想到故乡，故乡里的老朋友，心里有点酸酸的，有点凄凉。然而这凄凉却并不同普通的凄凉一样，是甜蜜的，浓浓的，有说不出的味道，浓浓地糊在心头。

11 月 18 日

从好几天以前，房东太太就向我说，她的儿子今天家来，从学校回家来，她高兴得不得了。……但儿子只是不来，她的神色有点沮丧。她又说，晚上还有一趟车，说不定他会来的。我看了她的神气，想到自己的在故乡地下卧着的母亲，我真想哭！我现在才知道，古今中外的母亲都是一样的！

11 月 20 日

我现在还真是想家，想故国，想故国里的朋友。我有时简直想得不能忍耐。

11 月 28 日

我仰在沙发上，听风声在窗外过路。风里夹着雨。天色阴得如黑夜。心里思潮起伏，又想到故国了。

12 月 6 日

近几天来，心情安定多了。以前我真觉得二年太长；同时，在这里无论衣食住行哪一方面都感到不舒服，所以这二年简直似乎无论如何也忍受不下来了。

从初到哥廷根的日记里，我暂时引用这几段。实际上，类似的地方还有不少，从这几段中也可见一斑了。总之，我不想在国外待。一想到我的母亲和祖国母亲，就心潮腾涌，惶惶不可终日，留在国外的念头连影儿都没有。几个月以后，在 1936 年 7 月 11 日，我写了一篇散文，题目叫《寻梦》。开头一段是：

夜里梦到母亲，我哭着醒来。醒来再想捉住这梦的时候，梦却早不知道飞到什么地方去了。

下面描绘在梦里见到母亲的情景。最后一段是：

天哪！连一个清清楚楚的梦都不给我吗？我怅望灰天，在泪光里，幻出母亲的面影。

我在国内的时候，只怀念，也只有可能怀念一个母亲。现在到国外来了，在我的怀念中就增添了一个祖国母亲。这种怀念，在初到哥廷根的时候，异常强烈。以后也没有断过。对这两位母亲的怀念，一直伴随着我度过了在德国的十年，在欧洲的十一年。

我的老师们

在深切怀念我的两个不在眼前的母亲的同时，在我眼前那一些德国老师们，就越发显得亲切可爱了。

在德国老师中同我关系最密切的当然是瓦尔德施密特教授。我同他初次会面的情景，我在上面已经讲了一点。他给我的第一个印象是，他非常年轻。他的年龄确实不算太大，同我见面时，大概还不到四十岁吧。他穿一身厚厚的西装，面孔是孩子似的面孔。我个人认为，他待人还是彬彬有礼的。德国教授多半都有点教授架子，这是他们的社会地位和经济地位所决定的，是不以人的意志为转移的。后来听说，在我以后的他的学生们都认为他很严厉。据说有一位女士把自己的博士论文递给他，他翻看了一会儿，一下子把论文摔到地下，愤怒地说道："Dasistaberalles Mist!（这全是垃圾，全是胡说八道！）"这位小姐从此耿耿于怀，最终离开了哥廷根。

我跟他学了十年，应该说，他从来没有对我发过脾气。他教学很有耐心，梵文语法抠得很细。不这样是不行的，一个字多一个字母或少一个字母，意义方面往往差别很大。我以后自己教学生，也学他的榜样，死抠语法。他的教学法是典型的德国式的。记得是德国19世纪的伟大东方语言学家埃瓦尔德说过一句话：“教语言比如教游泳，把学生带到游泳池旁，把他往水里一推，不是学会游泳，就是淹死，后者的可能性是微乎其微的。”瓦尔德施密特采用的就是这种教学法。第一二两堂，念一念字母。从第三堂起，就读练习，语法要自己去钻。我最初非常不习惯，准备一堂课，往往要用一天的时间。但是，一个学期四十多堂课，就读完了德国梵文学家施滕茨勒的教科书，学习了全部异常复杂的梵文文法，还念了大量的从梵文原典中选出来的练习。这个方法是十分成功的。

瓦尔德施密特教授的家庭，最初应该说是十分美满的。夫妇二人，一个上中学的十几岁的儿子。有一段时间，我帮助他翻译汉文佛典，常常到他家去，同他全家一同吃晚饭，然后工作到深夜。餐桌上没有什么人多讲话，安安静静。有一次他笑着对儿子说道：“家里来了一个中国客人，你明天大概要在学校里吹嘘一番吧？”看来他家里的气氛是严肃有余，活泼不足。他夫人也是一个不大爱说话的人。

后来，大战一爆发，他自己被征从军，是一个什么军官。不久，他儿子也应征入伍。过了不太久，从1941年冬天起，东部战线胶着不进，相持不下，但战斗是异常激烈的。他们的儿子在北欧一个国家阵亡了。我现在已经忘记了，夫妇俩听到这个噩耗时反应如何。

按理说，一个独生子幼年战死，他们的伤心可以想见。但是瓦尔德施密特教授是一个十分刚强的人，他在我面前从未表现出伤心的样子，他们夫妇也从未同我谈到此事。然而活泼不足的家庭气氛，从此更增添了寂寞冷清的成分，这是完全可以想象的了。

在瓦尔德施密特被征从军后的第一个冬天，他预订的大剧院的冬季演出票，没有退掉。他自己不能观看演出，于是就派我陪伴他夫人观看，每周一次。我吃过晚饭，就去接师母，陪她到剧院。演出有歌剧，有音乐会，有钢琴独奏，有小提琴独奏等，演员都是外地或国外来的，都是赫赫有名的人物。剧场里灯火辉煌，灿如白昼；男士们服装笔挺，女士们珠光宝气，一片升平祥和气象。我不记得在演出时遇到空袭，因此不知道飞机飞临上空时场内的情况。但是散场后一走出大门，外面是完完全全的另一个世界，顶天立地的黑暗，由于灯火管制，不见一缕光线。我要在这任何东西都看不到的黑暗中，送师母摸索着走很长的路到山下她的家中。一个人在深夜回家时，万籁俱寂，走在宁静的长街上，只听到自己脚步的声音，跫然而喜。但此时正是乡愁最浓时。

我想到的第二位老师是西克教授。

他的家世，我并不清楚。到他家里，只见到老伴一人，是一个又瘦又小的慈祥的老人。子女或什么亲眷，从来没有见过。看来是一个非常孤寂清冷的家庭，尽管老夫妇情好极笃，相依为命。我见到他时，他已经早越过了古稀之年。他是我平生所遇到的中外各国的老师中对我最爱护、感情最深、期望最大的老师。一直到今天，只要一想到他，我的心立即剧烈地跳动，老泪立刻就流满全脸。他对我传授知识的情况，上面已经讲了一点，下面还要讲到。在这里我只讲我们师徒二人相互间感情深厚的一些情况。为了存真起见，我仍然把我当时的一些日记，一字不改地抄在下面：

1940 年 10 月 13 日

昨天买了一张 Prof. Sieg 的相片，放在桌子上，对着自己。这位老先生我真不知道应该怎样感激他。他简直有父亲或者祖父一般的慈祥。我一看到他的相片，心里就生出无穷的勇气，觉得自己对梵文应该拼命研究下去，不然简直对不住他。

1941 年 2 月 1 日

五点半出来，到 Prof. Sieg 家里去。他要替我交涉增薪，院长已答应。这真是意外的事。我真不知道应该怎样感谢这位老人家，他对我好得真是无微不至，我永远不会忘记！

原来他发现我生活太清苦，亲自找文学院长，要求增加我的薪水。其实我的薪水是足够用的，只因我枵腹买书，所以就显得清苦了。

1941 年，我一度想设法离开德国回国。我在 1941 年 10 月 29 日的日记里写道：

十一点半，Prof. Sieg 去上课。下了课后，我同他谈到我要离开德国，他立刻兴奋起来，脸也红了，说话也有点震颤了。他说，他预备将来替我找一个固定的位置，好让我继续在德国住下去，万没想到我居然想走。他劝我无论如何不要走，他要替我设法同 Rektor（大学校长）说，让我得到津贴，好出去休养一下。他简直要流泪的样子。我本来心里还有点迟疑，现在又动摇起来了。一离开德国，谁知道哪一年再能回来，能不能回来？这位像自己父亲一般替自己操心的老人十之八九是不能再见了。我本来容易动感情。现在更克制不住自己，很想哭上一场。

像这样的情况，日记里还有一些，我不再抄录了。仅仅这三则，我觉得已经完全能显示出我们之间的关系了。还有一些情况，我在下面谈吐火罗文的学习时再谈，这里暂且打住。

我想到的第三位老师是斯拉夫语言学教授布劳恩（Braun）。他父亲生前在莱比锡大学担任斯拉夫语言学教授，他可以说是家学渊源，能流利地说许多斯拉夫语。我见他时，他年纪还轻，还不是讲座教授。由于年龄关系，他也被征从军，但根本没有上过前线，只是担任翻译，是最高级的翻译。苏联一些高级将领被德军俘虏，希特勒等法西斯头子要亲自审讯，想从中挖取超级秘密。担任翻译的就是布劳恩教授，其任务之重要可想而知。他每逢休假回家的时候，总高兴同我闲聊他当翻译时的一些话题，很多是德军和苏军内部最高领导层的情况。他几次对我说，苏军的大炮特别厉害，德国难望其项背。这是德国方面从来没有透露过的极端机密，给我留下了深刻的印象。

他的家庭十分和美。他有一位年轻的夫人，两个男孩子，大的叫安德烈亚斯，约有五六岁，小的叫斯蒂芬，只有二三岁。斯蒂芬对我特别友好，我一到他家，他就从远处飞跑过来，扑到我的怀里。他母亲教导我说："此时你应该抱住孩子，身子转上两三圈，小孩子最喜欢这玩意！"教授夫人很和气，好像有点愣头愣脑，说话直爽，但有时候没有谱儿。

布劳恩教授的家离我住的地方很近，走二三分钟就能走到。因此，我常到他家里去玩。他有一幅中国古代的刺绣，上面绣着五个大字：时有溪山兴。他要我翻译出来。从此他对汉文产生了兴趣，自己买了一本汉德字典，念唐诗。他把每一个字都查出来，居然也能讲出一些意思。我给他改正，并讲一些语法常识。对汉语的语法结构，他觉得既极怪而又极有理，同他所熟悉的印欧语系语言迥乎不同。他认为，汉语没有形态变化，也可能是优点，它能给读者以极大的联想自由，不像印欧语言那样被形态变化死死地捆住。

他是一个多才多艺的人，擅长油画。有一天，他忽然建议要给我画像。我自然应允了，于是有比较长的一段时间，我天天到他家里去，端端正正地坐在那里，当模特儿。画完了以后，他问我的意见。我对画不是内行，但是觉得画得很像我，因此就很满意了。在科学研究方面，他也表现了他的才艺。他的文章和专著都不算太多，他也不搞德国学派的拿手好戏：语言考据之学。用中国的术语来说，他擅长义理。他有一本讲 19 世纪沙俄文学的书，就是专从义理方面着眼，把列夫·托尔斯泰和陀斯妥耶夫斯基列为两座高峰，而展开论述，极有独特的见解，思想深刻，观察细致，是一部不可多得的著作。可惜似乎没有引起多少注意。我都觉得有寂寞冷落之感。

总之，布劳恩教授在哥廷根大学是颇为不得志的。正教授没有份儿，哥廷根科学院院士更不沾边儿。有一度，他告诉我，斯特拉斯堡大学有一个正教授缺了人，他想去，而且把我也带了去。后来不知为什么，没有实现。一直到四十多年以后我重新访德时，我去看他，他才告诉我，他在哥廷根大学终于得到了一个正教授的讲座，他认为可以满意了。然而他已经老了，无复年轻时的潇洒英俊。我一进门，他第一句话说是：“你晚来了一点，她已经在月前去世了！”我知道他指的是谁，我感到非常悲痛。安德烈亚斯和斯蒂芬都长大了，不在身边。老人看来也是冷清寂寞的。在西方社会中，失掉了实用价值的老人，大多如此。我欲无言了。去年听德国来人说，他已经去世。我谨以心香一瓣，祝愿他永远安息！

我想到的第四位德国老师是冯·格林博士。据说他是来自俄国的德国人，俄文等于是他的母语。在大学里，他是俄文讲师。大概是因为他从来没有发表过什么学术论文，所以连副教授的头衔都没有。在德国，不管你外语多么到家，只要没有学术著作，就不能成为教授。工龄长了，工资可能很高，名位却不能改变。反正冯·格林始终只是讲师。他教我俄文时已经白发苍苍，心里总好像是有一肚子气，终日郁郁寡欢。他和太太就住在高斯—韦伯楼的三楼上。屋子极为简陋。老太太好像终年有病，不大下楼，但心眼极好，听说我患了神经衰弱症，夜里盗汗，特意送给我一个鸡蛋，补养身体。要知道，当时一个鸡蛋抵得上一个元宝，在饿急了的时候，鸡蛋能吃，而元宝则不能。这一番情意，我异常感激。冯·格林博士还亲自找到大学医院的内科主任沃尔夫（Wolf）教授，请他给我检查。我到了医院，沃尔夫教授仔仔细细地检查过以后，告诉我，这只是神经衰弱，与肺病毫不相干。这一下子排除了我的一块心病，如获重生。这更增加了我对这两位孤苦伶仃的老人的感激。离开德国以后，没有能再见到他们，想他们早已离开人世了，却永远活在我的心中。

大轰炸

然而来了大轰炸。

战争已经持续了三四年。最初一两年，英美苏的飞机也曾飞临柏林上空，投掷炸弹。但那时技术水平还相当低，炸弹只能炸坏高层楼房的最上一二层，下面炸不透。因此每一座高楼都有的地下室就成了全楼的防空洞，固若金汤，人们待在里面，不必担忧。即使上面中了弹，地下室也只是摇晃一下而已。德国法西斯头子都是说谎专家、牛皮大王。这一件事他们也不放过。他们在广播里报纸上，嘲弄又加吹嘘，说盟军的飞机是纸糊的，炸弹是木制的，德国的空防系统则是铜墙铁壁。

然而曾几何时，盟军的轰炸能力陡然增强。飞来的次数越来越多，每一次飞机的数目也越增越多。不但白天来，夜里也能来。炸弹穿透力量日益提高，由穿透一两层提高到穿透七八层，最后十几层楼也抵挡不住。炸弹由楼顶穿透到地下室，然后爆炸。此时的地下室就再无安全可言了。我离开柏林不久，英国飞机白天从西向东飞，美国飞机晚上从东向西飞，在柏林“铺起了地毯”。所谓“铺地毯”是此时新兴的一个名词，意思是，飞机排成了行列，每隔若干米丢一颗炸弹，前后左右，不留空隙，就像客厅里铺地毯一样。到了此时，法西斯头子王顾左右而言他，以前的牛皮仿佛根本没有吹过。哥廷根是个小城，最初盟国飞机没有光临。到了后来，大城市已经炸遍，有的是接二连三地炸，小城市于是也蒙垂青。哥廷根总共被炸过两次，都是极小规模的。这里的人民普遍大意，全城没有修筑一个像样的防空洞。一有警报，就往地下室里钻。灯光管制还是相当严的。每天晚上，在全城一片黑暗中，不时有“Lichtaus!”（灭灯！）的呼声喊起，回荡在夜空中。有一夜，英国飞机光临了，我根本无动于衷，拥被高卧。后来听到炸弹声就在不远处，楼顶上的窗子已被震碎。我一看不妙，连忙狼狈下楼，钻入地下室里。心里自己念叨着：以后要多加小心了。

第二天早起进城，听到大街小巷都是清扫碎玻璃的哗啦哗啦声。原来是英国飞机开了一个不大不小的玩笑：他们投下的是气爆弹，目的不在伤人，而在震碎全城的玻璃。他们只在东西城门处各投一颗这样的炸弹，全城的玻璃大部分都被气流摧毁了。

万没有想到，我在此时竟碰到一件怪事。我正在哗啦声中，沿街前进，走到兵营操场附近，从远处看到一个老头，弯腰屈背，仔细看什么。他手里没有拿着笤帚之类的东西，不像是扫玻璃的。走到跟前，我才认清，原来是德国飞机制造之父、蜚声世界的流体力学权威普兰特尔（Prandtl）教授。我赶忙喊一声：“早安，教授先生！”他抬头看到我，也说了声：“早安！”他告诉我，他正在看操场周围的一段短墙，看炸弹爆炸引起的气流是怎样摧毁这一段短墙的。他嘴里自言自语：“这真是难得的机会！我的流体力学试验室里是无论如何也装配不起来的。”我陡然一惊，立刻又肃然起敬。面对这样一位抵死忠于科学研究的老教授，我还能说些什么呢？

无独有偶。我听说，在南德慕尼黑城，在一天夜里，盟军大批飞机飞临城市上空，来“铺地毯”。正在轰炸高峰时，全城到处起火。人们都纷纷从楼上往楼下地下室或防空洞里逃窜，急急如漏网之鱼。然而独有一个老头却反其道而行之，他是从楼下往楼顶上跑，也是健步如飞，急不可待。他是一位地球物理学教授。他认为，这是极其难得的做实验的机会，在实验室里无论如何也不会有这样的现场：全城震声冲天，地动山摇。头上飞机仍在盘旋，随时可能有炸弹掉在他的头上。然而他全然不顾，宁愿为科学而舍命。对于这样的学者，我又有什么话好说呢？

大轰炸就这样在全国展开。德国人民怎样反应呢？法西斯头子又怎样办呢？每次大轰炸之后，德国人在地下室或防空洞里蹲上半夜，饥寒交迫，担惊受怕，情绪当然不会高。他们天性不会说怪话，至于有否腹诽，我不敢说。此时，法西斯头子立即宣布，被炸城市的居民每人增加“特别分配”一份，咖啡豆若干粒，还有一点别的什么。外国人不在此例。不了解当时德国情况的人，无法想象德国人对咖啡偏爱之深。有一本杂志上有一幅漫画：一只白金戒指，上面镶的不是宝石，不是金刚钻，而是一颗咖啡豆。可见咖啡身价之高。

在哥廷根第一次被轰炸之后，我再也不敢麻痹大意了。只要警笛一响，我立即躲避；到了后来，英国飞机几乎天天来。用不着再在家里恭候防空警报了。我吃完早点，就带着一个装满稿子的皮包，走上山去，躲避空袭。另外还有几个中国留学生加入了这个队伍，各自携带着认为有价值的东西，走向山中。最奇特的是刘先志和滕莞君两夫妇携带的东西，他们只提着一只篮子，里面装的一非稿子，二非食品，而是一只乌龟。提起此龟，大有来历，还必须解释几句。原来德国由于粮食奇缺，不知道从哪一个被占领的国家运来了一大批乌龟，供人食用。但是德国人吃东西是颇为保守的，对于这一批敢同兔子赛跑的勇士，有点望而生畏，哪里还敢往肚子里填！于是德国政府又大肆宣扬乌龟营养价值之高，引经据典，还不缺少统计图表，证明乌龟肉简直赛过仙丹醍醐。刘氏夫妇在柏林时买了这只乌龟。但看到它笨拙的躯体，灵活的小眼睛，一时慈上心头，不忍下刀，便把它养了起来。又从柏林带到哥廷根，陪我们天天上山，躲避炸弹。我们仰卧在绿草上，看空中英国飞机编队飞过哥廷根上空，一躺往往就是几个小时。在我们身旁绿草丛中，这一只乌龟瞪着小眼睛，迈着缓慢的步子，仿佛想同天空中飞驰的大东西，赛一个你输我赢一般。我们此时顾而乐之，仿佛现在不是乱世，而是乐园净土，天空中带着死亡威胁的飞机的嗡嗡声，霎时间变成了阆苑仙宫的音乐，我们忘掉了周围的一切，有点忘乎所以了。

在饥饿地狱中（节选）

同轰炸并驾齐驱的是饥饿。

我初到德国的时候，供应十足充裕，要什么有什么，根本不知饥饿为何物。但是，法西斯头子侵略成性，其实法西斯的本质就是侵略，他们早就扬言：要大炮，不要奶油。在最初，德国人桌子上还摆着奶油，肚子里填满了火腿，根本不了解这句口号的真正意义。于是，全国翕然响应，仿佛他们真不想要奶油了。大概从 1937 年开始，逐渐实行了食品配给制度。最初限量的就是奶油，接着是肉类，最后是面包和土豆。到了 1939 年，希特勒悍然发动第二次世界大战，德国人的腰带就一紧再紧了。这一句口号得到了完满的实现。

我虽生也不辰，在国内时还没有真正挨过饿。小时候家里穷，一年至多只能吃两三次白面，但是吃糠咽菜，肚子还是能勉强填饱的。现在到了德国，才真受了“洋罪”。这种“洋罪”是慢慢地感觉到的。我们中国人本来吃肉不多，我们所谓“主食”实际上是西方人的“副食”。黄油从前我们根本不吃。所以在德国人开始沉不住气的时候，我还悠哉游哉，处之泰然。但是，到了我的“主食”面包和土豆限量供应的时候，我才感到有点不妙了。黄油失踪以后，取代它的是人造油。这玩意儿放在汤里面，还能呈现出几个油珠儿。但一用来煎东西，则在锅里嗞嗞几声，一缕轻烟，油就烟消云散了。在饭馆里吃饭时，要经过几次思想斗争，从战略观点和全局观点反复考虑之后，才请餐馆服务员“煎”掉一两肉票。倘在汤碗里能发现几滴油珠，则必大声唤起同桌者的注意，大家都乐不可支了。

最困难的问题是面包。少且不说，实质更可怕。完全不知道里面掺了什么东西。有人说是鱼粉，无从否认或证实。反正是只要放上一天，第二天便有腥臭味。而且吃了，能在肚子里制造气体。在公共场合出虚恭，俗话就是放屁，在德国被认为是极不礼貌，有失体统的。然而肚子里带着这样的面包去看电影，则在影院里实在难以保持体统。我就曾在看电影时亲耳听到虚恭之声，此伏彼起，东西应和。我不敢耻笑别人。我自己也正在同肚子里过量的气体做殊死斗争，为了保持体面，想把它镇压下去，而最终还以失败告终。

但是也不缺少令人兴奋的事：我打破了纪录，是自己吃饭的纪录。有一天，我同一位德国女士骑自行车下乡，去帮助农民摘苹果。在当时，城里人谁要是同农民有一些联系，别人会垂涎三尺的，其重要意义决不亚于今天的走后门。这一位女士同一户农民挂上了钩，我们就应邀下乡了。苹果树都不高，只要有一个短梯子，就能照顾全树了。德国苹果品种极多，是本国的主要果品。我们摘了半天，工作结束时，农民送了我一篮子苹果，其中包括几个最优品种的；另外还有五六斤土豆。我大喜过望，跨上了自行车，有如列子御风而行，一路青山绿水看不尽，轻车已过数重山。到了家，把土豆全部煮上，蘸着积存下的白糖，一鼓作气，全吞进肚子，但仍然还没有饱意。

“挨饿”这个词儿，人们说起来，比较轻松。但这些人都是没有真正挨过饿的。我是真正经过饥饿炼狱的人，其中滋味实不足为外人道也。我非常佩服东西方的宗教家们，他们对人情世事真是了解到令人吃惊的程度，在他们的地狱里，饥饿是被列为最折磨人的项目之一。中国也是有地狱的，但却是舶来品，其来源是印度。谈到印度的地狱学，那真是博大精深，蔑以加矣。“死鬼”在梵文中叫 Preta，意思是“逝去的人”。到了中国译经和尚的笔下，就译成了“饿鬼”，可见“饥饿”在他们心目中占多么重要的地位。西方宗教家也有地狱幻想。在但丁的《神曲》里面也有地狱。第六篇，但丁在地狱中看到一个怪物，张开血盆大口，露出长牙；但丁的引导人俯下身子，在地上抓了一把泥土，对准怪物的嘴，投了过去。怪物像狗一样狺狺狂吠，无非是想得到食物。现在嘴里有了东西，就默然无声了。西方的地狱内容实在太单薄，比起东方地狱来，大有小巫见大巫之势了。

为什么东西方宗教家都幻想地狱，而在地狱中又必须忍受饥饿的折磨呢？他们大概都认为饥饿最难忍受，恶人在地狱中必须尝一尝饥饿的滋味。这个问题我且置而不论。不管怎样，我当时实在是正处在饥饿地狱中，如果有人向我嘴里投掷热铁丸或者泥土，为了抑制住难忍的饥饿，我一定会毫不迟疑地不顾一切地把它们吞了下去，至于肚子烧焦不烧焦，就管不了那样多了。

我当时正在读俄文原文的果戈理的《钦差大臣》。在第二幕第一场里，我读到了奥西普躺在主人的床上独白的一段话：

现在旅馆老板说啦，前账没有付清就不开饭；可我们要是付不出钱呢？（叹口气）唉，我的天，哪怕有点菜汤喝喝也好呀。我现在恨不得要把整个世界都吞下肚子里去。

这写得何等好呀！果戈理一定挨过饿，不然的话，他无论如何也写不出要把整个世界都吞下去的话来。

长期挨饿的结果是，人们都逐渐瘦了下来。现在有人害怕肥胖，提倡什么减肥，往往费上极大的力量，却不见效果。于是有人说：“我就是喝白水，身体还是照样胖起来的。”这话现在也许是对的，但在当时却完全不是这样。我的男房东在战争激烈时因心脏病死去。他原本是一个大胖子，到死的时候，体重已经减轻了二三十公斤，成了一个瘦子了。我自己原来不胖，没有减肥的物质基础。但是饥饿在我身上也留下了伤痕：我失掉了饱的感觉，大概有八年之久。后来到了瑞士，才慢慢恢复过来。此是后话，这里不提了。

完成学业，尝试回国

精神是苦闷的，形势是严峻的；但是我的学业仍然照常进行。

在我选定的三个系里，学习都算是顺利。主系梵文和巴利文，第一学期，瓦尔德施密特教授讲梵文语法，第二学期就念梵文原著《那罗传》，接着读迦梨陀娑的《云使》等。从第五学期起，就进入真正的讨论班，读中国新疆吐鲁番出土的梵文佛经残卷，这是瓦尔德施密特教授的拿手好戏，他的老师H· 吕德斯和他自己都是这方面的权威。第六学期开始，他同我商量博士论文的题目，最后定为研究《大事》偈陀部分的动词变化。我从此就在上课教课之余，利用一切可利用的时间，啃那厚厚的三大册《大事》。第二次世界大战爆发后不久，我的教授被征从军。已经退休的西克教授，以垂暮之年，出来代替他上课。西克教授真正是诲人不倦，第一次上课他就对我郑重宣布：他要把自己毕生最专长的学问，统统地毫无保留地全部传授给我，一个是《梨俱吠陀》，一个是印度古典语法《大疏》，一个是《十王子传》，最后是吐火罗文，他是读通了吐火罗文的世界大师。就这样，在瓦尔德施密特教授从军期间，我就一方面写论文，一方面跟西克教授上课。学习是顺利的。

一个副系是英国语言学，另一个副系是斯拉夫语言学，我也照常上课，这些课也都是顺利的。

专就博士论文而论，这是学位考试至关重要的一项工作。教授看学生的能力，也主要是通过论文。德国大学对论文要求十分严格，题目一般都不大，但必须有新东西，才能通过。有的中国留学生在德国已经待了六七年，学位始终拿不到，关键就在于论文。我的论文，题目定下来以后，我积极写作，到了1940年，已经基本写好。瓦尔德施密特从军期间，西克也对我加以指导。瓦尔德施密特回家休假，我就把论文送给他看。我自己不会打字，帮我打字的是迈耶家的大女儿伊姆加德，一位非常美丽的女孩子。这一年的秋天，我天天晚上到她家去。因为梵文字母拉丁文转写，符号很多，穿靴戴帽，我必须坐在旁边，才不致出错。9月13日，论文打完。事前已经得到瓦尔德施密特的同意。10月9日，把论文交给文学院长戴希格雷贝尔（Deichgrāber）教授。德国规矩，院长安排口试的日期，而院长则由最年轻的正教授来担任。戴希格雷贝尔是希腊文、拉丁文教授，是刚被提升为正教授的。按规矩本应该三个系同时口试。但是瓦尔德施密特正值休假回家，不能久等，英文教授勒德尔（Roeder）却有病住院，在1940年12月23日口试时，只有梵文和斯拉夫语言学，英文以后再补。我这一天的日记是这样写的：

早晨五点就醒来。心里只是想到口试，再也睡不着。七点起来，吃过早点，又胡乱看了一阵书，心里极慌。

九点半到大学办公处去。走在路上，像待决的囚徒。十点多开始口试。Prof. Waldschmidt 先问，只有 Prof. Deichgrāber 坐在旁边。Prof. Braun 随后才去。主科进行得异常顺利。但当 Prof. Braun 开始问的时候，他让我预备的全没问到。我心里大慌。他的问题极简单，简直都是常识。但我还不能思维，颇呈慌张之像。

十二点下来，心里极难过。此时，及格不及格倒不成问题了。

我考试考了一辈子，没想到在这最后一次考试时，自己竟会这样慌张。

第二天(1940 年 12 月 24 日) 的日记：

心绪极乱。自己的论文不但 Prof. Sieg、Prof. Waldschmidt 认为极好，就连 Prof. Krause 也认为难得，满以为可以做一个很好的考试；但昨天俄文口试实在不佳。我所知道的他全不问，问的全非我所预备的。到现在想起来，心里还极难过。

这可以说是昨天情绪的余波。但是当天晚上：

七点前到 Prof. Waldschmidt 家去，他请我过节（指圣诞节）。

飘着雪花，但不冷。走在路上，心里只是想到昨天考试的结果，我一定要问他一问。一进门，他就向我恭喜，说我的论文是sehrgut（优），印度学（Indologie） sehrgut，斯拉夫语言也是sehrgut。这实在出我意料，心里对Prof. Braun产生了无穷的感激。

他的儿子先拉提琴，随后吃饭。吃完把圣诞树上的蜡烛都点上，喝酒，吃点心，胡乱谈一气。十点半回家，心里仍然想到考试的事情。

到了第二年1941年2月19日，勒德尔教授病愈出院，补英文口试，瓦尔德施密特教授也参加了，我又得了一个sehrgut。连论文加口试，共得了四个sehrgut。我没有给中国人丢脸，可以告慰我亲爱的祖国，也可以告慰母亲在天之灵了。博士考试一幕就此结束。

至于我的博士论文，当时颇引起了一点轰动。轰动主要来自Prof. Krause（克劳泽教授）。他是一位蜚声世界的比较语言学家，是一位非凡的人物，自幼双目失明，但有惊人的记忆力，过耳不忘，像照相机那样准确无误。他能掌握几十种古今的语言，北欧几种语言，他都能说。上课前，只需别人给他念一遍讲稿，他就能几乎是一字不差地讲上两个小时。他也跟西克教授学过吐火罗语，他的大著（《西吐火罗语语法》），被公认为能够跟西克、西格灵（Siegling）、舒尔策（Schulze）的吐火罗语语法媲美。他对我的博士论文中关于语尾mathe的一段附录，给予了极高的评价，因为据说在古希腊文中有类似的语尾，这种偶合对研究印欧语系比较语言学有突破性的意义。1941年1月14日我的日记中有下列一段话：

Hartmann（哈特曼）去了。他先祝贺我的考试，又说：Prof. Krause 对我的论文赞不绝口，关于 Endungmatha（动词语尾 matha）简直可以说是一个重要的发现。他立刻抄了出来，说不定从这里还可以得到有趣的发明。这些话伯恩克（Boehncke）小姐已经告诉过我。我虽然也觉得自己的论文并不坏，但并不以为有什么不得了。这样一来，自己也有点飘飘然起来了。

关于口试和论文，就写这样多。因为这是我留德十年中比较重要的问题，所以写多了。

我为什么非要取得一个博士学位不行呢？其中原因有的同一般人一样，有的则可能迥乎不同。中国近代许多大学者，比如王国维、梁启超、陈寅恪、郭沫若、鲁迅等等，都没有什么博士头衔，但都会在学术史上有地位的。这一点我是知道的。可这些人都是不平凡的天才，博士头衔对他们毫无用处。但我扪心自问，自己并不是这种人，我从不把自己估计过高，我甘愿当一个平凡的人，而一个平凡的人，如果没有金光闪闪的博士头衔，则在抢夺饭碗的搏斗中必然是个失败者。这可以说是动机之一，但是还有之二。我在国内时对某一些趾高气扬不可一世的留学生看不顺眼，窃以为他们也不过在外国炖了几年牛肉，一旦回国，在非留学生面前就摆起谱来了。

但自己如果不也是留学生，则一表示不平，就会有人把自己看成一个吃不到葡萄而说葡萄酸的狐狸。我为了不当狐狸，必须出国，而且必须取得博士学位。这个动机，说起来十分可笑，然而却是真实的。多少年来，博士头衔就像一个幻影，飞翔在我的眼前，或近或远，或隐或显。有时候近在眼前，似乎一伸手就可以抓到。有时候又远在天边，可望而不可即。有时候熠熠闪光，有时候又晦暗不明。这使得我时而兴会淋漓，时而又垂头丧气。一个平凡人的心情，就是如此。

现在多年的夙愿终于实现了，我立即又想到自己的国和家。山川信美非吾土，漂泊天涯胡不归。适逢1942年德国政府承认了南京汉奸汪伪政府，国民党政府的公使馆被迫撤离，撤到瑞士去。我经过仔细考虑，决定离开德国，先到瑞士去，从那里再设法回国。我的初中同班同学张天麟那时住在柏林，我想去找他，看看有没有办法可想。决心既下，就到我认识的师友家去辞行。大家当然都觉得很可惋惜，我心里也充满了离情别绪。最难过的一关是我的女房东。此时男房东已经故去，儿子结了婚，住在另外一个城市里。我是她身边唯一的一个亲人，她是拿我当儿子来看待的。回忆起来她丈夫逝世的那一个深夜，是我跑到大街上去叩门找医生，回家后又伴她守尸的。如今我一旦离开，五间房子里只剩下她孤身一人，冷冷清清，凄凄惨惨，她如何能忍受得了！她一听到我要走的消息，立刻放声痛哭。我一想到相处七年，风雨同舟，一旦诀别，何日再见？也不禁热泪盈眶了。

到了柏林以后，才知道，到瑞士去并不那么容易。即便到了那里，也难以立即回国。看来只能留在德国了。此时战争已经持续了三年。虽然小的轰炸已经有了一些；但真正大规模的猛烈的轰炸还没有开始。在柏林，除了食品短缺外，生活看上去还平平静静；大街上仍然是车水马龙，行人熙攘，脸上看不出什么惊慌的神色。我抽空去拜访了大教育心理学家施普·兰格尔（E. Spranger）。又到普鲁士科学院去访问西克灵教授，他同西克教授共同读通了吐火罗文。我读他的书已经有些年头了，只是从未晤面。

他看上去非常淳朴老实，木讷寡言，在战争声中仍然伏案苦读，是一个典型的德国学者。就这样，我在柏林住了几天，仍然回到了哥廷根，时间是1942年10月30日。我一回到家，女房东仿佛凭空拣了一只金凤凰，喜出望外。我也仿佛有游子还家的感觉。回国既已无望，我只好随遇而安，丢掉一切不切实际的幻想，同德国共存亡，同女房东共休戚了。

我又恢复了七年来的刻板单调的生活。每天在家里吃过早点，就到高斯—韦伯楼梵文研究所去，在那里一直工作到中午。午饭照例在外面饭馆子里吃。吃完仍然回到研究所。我现在已经不再是学生，办完了退学手续，专任教员了。我不需要再到处跑着去上课，只是有时到汉学研究所去给德国学生上课。主要精力用在自己读书和写作上。我继续钻研佛教混合梵语，沿着我的博士论文所开辟的道路前进。除了肚子饿和间或有的空袭外，生活极有规律，极为平静。研究所对面就是大学图书馆，我需要的大量的有时甚至极为稀奇古怪的参考书，这里几乎都有，真是一个理想的学习和写作的环境。因此，我的写作成果是极为可观的。在博士后的五年内，我写了几篇相当长的论文，刊登在哥廷根科学院院刊上，自谓每一篇都有新的创见；直到今天，已经过了将近半个世纪，还不断有人引用。这是我毕生学术生活的黄金时期，从那以后再没有过了。

日子虽然过得顺利，平静，但也不能说一点波折都没有。德国法西斯政府承认了汪伪政府，这就影响到我们中国留学生的居留问题：护照到了期，到哪里去请求延长呢？这个护照算是哪一个国家的使馆签发的呢？这是一个事关重大又亟待解决的问题。我同张维等几个还留在哥廷根的中国留学生，严肃地商议了一下，决意到警察局去宣布自己为无国籍者。这在国际法上是可以允许的。所谓“无国籍者”就是对任何国家都没有任何义务，但同时也不受任何国家的保护。其中是有一点风险的，然而事已至此，只好走这一步了。从此我们就变成了像天空中的飞鸟一样的人，看上去非常自由自在，然而任何人都能伤害它。

事实上，并没有任何人伤害我们。在轰炸和饥饿的交相压迫下，我的日子过得还算是平静的。我每天又机械地走过那些我已经走了七年的街道，我熟悉每一座房子，熟悉每一棵树。即使闭上眼睛，我也决不会走错了路。

但是，一到礼拜天，就来了我难过的日子。我仍然习惯于一大清早就到席勒草坪去，脚步不由自主地向那个方向转。席勒草坪风光如故，面貌未改，仍然是绿树四合，芳草含翠。但是，此时我却是形单影只，当年那几个每周必碰头的中国朋友，都已是天各一方，世事两茫茫了。

我感到凄清与孤独。

漫谈治学

研究学问是我毕生兴趣之所在，我的几乎是全部的精力也都用在了这上面。

有时候，搞那些枯燥死板的学术研究疲倦了，换一张桌子，写点散文，换一换脑筋。就像是磨刀一样，刀磨过之后，重又锋利起来，回头再搞学术研究，重新抖擞，如虎添翼，奇思妙想，纷至沓来，亦人生一乐也。

我的学术研究特点

特点只有一个字，这就是：杂。我认为，对于“杂”或者“杂家”应该有一个细致的分析，不能笼统一概而论。从宏观上来看，有两种“杂”：一种是杂中有重点；一种是没有重点，一路杂下去，最终杂不出任何成果来。

先谈第一种。纵观中外几千年的学术史，在学问家中，真正杂而精的人极少。这种人往往出在学艺昌明繁荣的时期，比如古希腊的亚里士多德，文艺复兴时期的达·芬奇，以及后来德国古典哲学家中的几个大哲学家。他们是门门通，门门精。藐予小子，焉敢同这些巨人相比，除非是我发了疯，神经不正常。我自己是杂而不精，门门通，门门松。所可以聊以自慰者只是，我在杂中还有几点重点。所谓重点，就是我毕生倾全力以赴、锲而不舍地研究的课题。我在研究这些课题之余，为了换一换脑筋，涉猎一些重点课题以外的领域。间有所获，也写成了文章。

中国学术传统有所谓“由博返约”的说法。我觉得，这一个“博”与“约”是只限制在同一研究范围以内的。“博”指的是在同一研究领域内把基础打得宽广一点，而且是越宽广越好。然后再在这个宽广的基础上集中精力，专门研究一个或几个课题。由于眼界开阔，研究的深度就能随之而来。我个人的研究同这个有点类似之处；但是我并不限制在同一领域内。所以我不能属于由博返约派。有人用金字塔来表示博与约的关系。笼统地说，我没有这样的金字塔，只在我研究的重点领域中略有相似之处而已。

我的学术研究范围

既然讲到杂，就必须指出究竟杂到什么程度，否则头绪纷繁，怎一个“杂”字了得！根据我自己还有一些朋友的归纳统计，我的学术研究涉及的范围约有以下几项：

1. 印度古代语言，特别是佛教梵文
2. 吐火罗文
3. 印度古代文学
4. 印度佛教史
5. 中国佛教史
6. 中亚佛教史
7. 糖史
8. 中印文化交流史
9. 中外文化交流史
10. 中西文化之差异和共性
11. 美学和中国古代文艺理论
12. 德国及西方文学
13. 比较文学及民间文学
14. 散文及杂文创作

这个分类只是一个大概的情况。

研究、创作与翻译并举

这完全是对我自己的总结，因为这样干的人极少。

我这样做，完全是环境造成的。研究学问是我毕生兴趣之所在，我的几乎是全部的精力也都用在了这上面。但是，在济南高中读书时期，我受到了胡也频先生和董秋芳（冬芬）先生的影响和鼓励；到了清华大学以后，又受到了叶公超先生、沈从文先生和郑振铎先生的奖励，就写起文章来。我写过一两首诗，现在全已逸失。我不愿意写小说，因为我厌恶虚构的东西。因此，我只写散文，六十多年来没有断过。人都是爱虚荣的，我更不能例外。我写的散文从一开始就受到了上述诸先生的垂青，后来又逐渐得到了广大读者的鼓励。我写散文不间断的原因，说穿了，就在这里。有时候，搞那些枯燥死板的学术研究疲倦了，换一张桌子，写点散文，换一换脑筋。就像是磨刀一样，刀磨过之后，重又锋利起来，回头再搞学术研究，重新抖擞，如虎添翼，奇思妙想，纷至沓来，亦人生一乐也。我自知欠一把火，虽然先后成为中国作家协会的会员、理事、顾问，我从来不敢以作家自居。在我眼中，作家是“神圣”的名称，是我崇拜的对象，我哪里敢鱼目混珠呢？

至于搞翻译工作，那完全是出于无奈。我于1946年从德国回国以后，我在德国已经开了一个好头的研究工作，由于国内资料完全缺乏，被迫改弦更张。当时内心极度痛苦。除了搞行政工作外，我是一个闲不住的人，我必须找点工作干，我指的是写作工作。写散文，我没有那么多真情实感要抒发。我主张散文是不能虚构的，不能讲假话的；硬往外挤，卖弄一些花里胡哨的辞藻，我自谓不是办不到，而是耻于那样做。想来想去，眼前只有一条出路，就是搞翻译。我从德国的安娜·西格斯的短篇小说译起，一直扩大到梵文和巴利文文学作品。最长最重要的一部翻译是印度两大史诗之一的《罗摩衍那》。这一部翻译作品的产生是在我一生最倒霉、精神最痛苦的时候。当时“文化大革命”还没有结束，我虽然已经被放回家中，但是我头上那一摞莫须有的帽子，似有似无，似真似假，还沉甸甸地压在那里。我被命令掏大粪，浇菜园，看楼门，守电话，过着一个“不可接触者”的日子。我枯坐门房中，除了传电话，分发报纸信件以外，实在闲得无聊。心里琢磨着找一件会拖得很长，但又绝对没有什么结果的工作，以消磨时光，于是就想到了长达两万多颂的《罗摩衍那》。从文体上来看，这部大史诗不算太难，但是个别地方还是有问题有困难的。在当时，这部书在印度有不同语言的译本，印度以外还没有听到有全译本，连英文也只有一个编译本。我碰到困难，无法解决，只有参考也并不太认真的印地文译本。当时极“左”之风尚未全息，读书重视业务，被认为是“修正主义”。何况我这样一个半犯人的人，焉敢公然在门房中摊开梵文原本翻译起来，旁若无人。我哪里有这个勇气！我于是晚上回家，把梵文译为汉文散文，写成小纸条，装在口袋里。白天枯坐门房中，脑袋里不停地思考，把散文改为有韵的诗。我被进一步解放后，又费了一两年的时间，终于把全书的译文整理完。后来时来运转，受到了改革开放之惠，人民文学出版社全文出版，这是我事前绝对没有妄想过的。

我常常想，如果没有“文化大革命”，如果我没有成为“不可接触者”，则必终日送往迎来，忙于行政工作，《罗摩衍那》是绝对翻译不出来的。有人说：坏事能变成好事，信然矣。人事纷纭，因果错综，我真不禁感慨系之了。

治学漫谈

我体会，一些报刊之所以要我写自传的原因，是想让我写点什么治学经验之类的东西。那么，在长达六十年的学习和科研活动中，我究竟有些什么经验可谈呢？粗粗一想，好像很多；仔细考虑，无影无踪。总之是卑之无甚高论。不管好坏，鸳鸯我总算绣了一些，至于金针则确乎没有，至多是铜针、铁针而已。

我记得，鲁迅先生在一篇文章中讲了一个笑话：一个江湖郎中在市集上大声吆喝，叫卖治臭虫的妙方。有人出钱买了一个纸卷，层层用纸严密裹住。打开一看，妙方只有两个字：勤捉。你说它不对吗？不行，它是完全对的。但是说了等于不说。我的经验压缩成两个字是勤奋。再多说两句就是：争分夺秒，念念不忘。灵感这东西不能说没有，但是，它不是从天上掉下来的，而是勤奋出灵感。

上面讲的是精神方面的东西，现在谈一点具体的东西。我认为，要想从事科学研究工作，应该在四个方面下功夫：一，理论；二，知识面；三，外语；四，汉语。唐代刘知几主张，治史学要有才、学、识。我现在勉强套用一下，理论属识，知识面属学，外语和汉语属才，我在下面分别谈一谈。

理 论

现在一讲理论，我们往往想到马克思主义。这样想，不能说不正确。但是，必须注意几点。一，马克思主义随时代而发展，决非僵化不变的教条。二，不要把马克思主义说得太神妙，令人望而生畏，对它可以批评，也可以反驳。我个人认为，马克思主义的精髓就是唯物主义和辩证法。唯物主义就是实事求是。把黄的说成是黄的，是唯物主义。把黄的说成是黑的，是唯心主义。事情就是如此简单明了。哲学家们有权利去做深奥的阐述，我辈外行，大可不必。至于辩证法，也可以做如是观。看问题不要孤立，不要僵死，要注意多方面的联系，在事物运动中把握规律，如此而已。我这种幼儿园水平的理解，也许更接近事实真相。

除了马克思主义以外，古今中外一些所谓唯心主义哲学家的著作，他们的思维方式和推理方式，也要认真学习。我有一个奇怪的想法：百分之百的唯物主义哲学家和百分之百的唯心主义哲学家，都是没有的。这就是和真空一样，绝对的真空在地球上是没有的。

中国古话说：“智者千虑，必有一失。”就是这个意思。因此，所谓唯心主义哲学家也有不少东西值得我们学习的。我们千万不要像过去那样把十分复杂的问题简单化和教条化，把唯心主义的标签一贴，就“奥伏赫变”。

知识面

要求知识面广，大概没有人反对。因为，不管你探究的范围多么窄狭，多么专门，只有在知识广博的基础上，你的眼光才能放远，你的研究才能深入。这样说已经近于常识，不必再做过多的论证了。我想在这里强调一点，这就是，我们从事人文科学和社会科学研究的人，应该学一点科学技术知识，能够精通一门自然科学，那就更好。今天学术发展的总趋势是，学科界限越来越混同起来，边缘学科和交叉学科越来越多。再像过去那样，死守学科阵地，鸡犬之声相闻，老死不相往来，已经完全不合时宜了。此外，对西方当前流行的各种学术流派，不管你认为多么离奇荒诞，也必须加以研究，至少也应该了解其轮廓，不能简单地盲从或拒绝。

外 语

外语的重要性，尽人皆知。若再详细论证，恐成蛇足。我在这里只想强调一点：从今天的世界情势来看，外语中最重要的是英语，它已经成为名副其实的世界语。这种语言，我们必须熟练掌握，不但要能读，能译，而且要能听，能说，能写。今天写学术论文，如只用汉语，则不能出国门一步，不能同世界各国的同行交流。如不能听说英语，则无法参加国际学术会议。情况就是如此地咄咄逼人，我们不能不认真严肃地加以考虑。

汉 语

我在这里提出汉语来，也许有人认为是非常异议可怪之论。“我还不能说汉语吗？”“我还不能写汉文吗？”是的，你能说，也能写。然而仔细一观察，我们就不能不承认，我们今天的汉语水平是非常成问题的。每天出版的报章杂志，只要稍一注意，就能发现别字、病句。我现在越来越感到，真要想写一篇准确、鲜明、生动的文章，决非轻而易举。要能做到这一步，还必须认真下点功夫。我甚至想到，汉语掌握到一定程度，想再前进一步，比学习外语还难。只有承认这一个事实，我们的汉语水平才能提高，别字、病句才能减少。

我在上面讲了四个方面的要求。其实这些话都属于老生常谈，都平淡无奇。然而真理不往往就寓于平淡无奇之中吗？这同我在上面引鲁迅先生讲的笑话中的“勤捉”一样，看似平淡，实则最切实可行，而且立竿见影。我想到这样平凡的真理，不敢自秘，便写了出来，其意不过如野叟献曝而已。

我现在想谈一点关于进行科学研究指导方针的想法。六七十年前胡适先生提出来的“大胆的假设，小心的求证”，我认为是不刊之论，是放之四海而皆准的方针。古今中外，无论是社会科学，还是自然科学，概莫能外。在那一段教条主义猖獗、形而上学飞扬跋扈的时期内，这个方针曾受到多年连续不断的批判。我当时就百思不得其解。试问哪一个学者能离开假设与求证呢？所谓大胆，就是不为过去的先人之见所限，不为权威所囿，能够放开眼光，敞开胸怀，独具只眼，另辟蹊径，提出自己的假设，甚至胡思乱想，想入非非，亦无不可。如果连这一点胆量都不敢有，那只有循规蹈矩，墨守成法，鼠目寸光，拾人牙慧，个人决不会有创造，学术决不会进步。这一点难道还不明白，还要进行烦琐的论证吗？

总之，我要说，一要假设，二要大胆，缺一不可。

但是，在提倡大胆的假设的同时，必须大力提倡小心的求证。一个人的假设，决不会一提出来就完全符合实际情况，有一个随时修改的过程。我们都有这样一个经验：在想到一个假设时，自己往往诧为“神来之笔”，是“天才火花”的闪烁，而狂欢不已。可是这一切都并不是完全可靠的。假设能不能成立，完全依靠求证。求证要小心，要客观，决不允许厌烦，更不允许马虎。要从多层次、多角度上来求证，从而考验自己的假设是否正确，或者正确到什么程度，哪一部分正确，哪一部分又不正确。所有这一切都必须实事求是，容不得丝毫私心杂念，一以证据为准。证据否定掉的，不管当时显得多么神奇，多么动人，都必须毅然毫不吝惜地加以扬弃。部分不正确的，扬弃部分。全部不正确的，扬弃全部。事关学术良心，决不能含糊。可惜到现在还有某一些人，为了维护自己“奇妙”的假设，不惜歪曲证据，剪裁证据。对自己的假设有用的材料，他就用；没有用的、不利的，他就视而不见，或者见而掩盖。这都是“缺德”（史德也）的行为，我期期以为不可。至于剽窃别人的看法或者资料，而不加以说明，那是小偷行为，斯下矣。

总之，我要说，一要求证，二要小心，缺一不可。

我刚才讲的“史德”，是借用章学诚的说法。他把“史德”解释成“心术”。我在这里讲的也与“心术”有关，但与章学诚的“心术”又略有所不同，有点引申的意味。我的中心想法是不要骗自己，不要骗读者。做到这一步，是有德，否则就是缺德。写什么东西，自己首先要相信。自己不相信而写出来要读者相信，不是缺德又是什么呢？自己不懂而写出来要读者懂，不是缺德又是什么呢？我这些话决非无中生有，无的放矢。我都有事实根据。我以垂暮之年，写了出来，愿与青年学者们共勉之。

现在再谈一谈关于搜集资料的问题。进行科学研究，必须搜集资料，这是不易之理。但是，搜集资料并没有什么一定之规。最常见的办法是使用卡片，把自己认为有用的资料抄在上面，然后分门别类，加以排比。可这也不是唯一的办法。陈寅恪先生把有关资料用眉批的办法，今天写上一点，明天写上一点，积之既久，资料多到能够写成一篇了，就从眉批移到纸上，就是一篇完整的文章。比如，他对《高僧传·鸠摩罗什传》的眉批，竟比原文还要多几倍，是一个典型的例子。我自己既很少写卡片，也从来不用眉批，而是用比较大张的纸，把材料写上。有时候随便看书，忽然发现有用的材料，往往顺手拿一些手边能拿到的东西，比如通知、请柬、信封、小纸片之类，把材料写上，再分类保存。我看到别人也有这个情况，向达先生有时就把材料写在香烟盒上。用比较大张的纸有一个好处，能把有关的材料都写在上面，约略等于陈先生的眉批。卡片面积太小，这样做是办不到的。材料抄好以后，要十分认真细心地加以保存，最好分门别类装入纸夹或纸袋。否则，如果一时粗心大意丢上张把小纸片，上面记的可能是最关重要的材料，这样会影响你整篇文章的质量，不得不黾勉从事。至于搜集资料要巨细无遗，要有竭泽而渔的精神，这是不言自喻的。但是，要达到百分之百的完整的程度，那也是做不到的。不过我们千万要警惕，不能随便搜集到一点资料，就动手写长篇论文。这样写成的文章，其结论之不可靠是显而易见的。与此有联系的就是要注意文献目录，只要与你要写的文章有关的论文和专著的目录，你必须清楚。否则，人家已经有了结论，而你还在卖劲地论证，必然贻笑方家，不可不慎。

我想顺便谈一谈材料有用无用的问题。严格讲起来，天下没有无用的材料，问题是对谁来说，在什么时候说。就是对同一个人，也有个时机问题。大概我们都有这样的经验：只要你脑海里有某一个问题，一切资料，书本上的、考古发掘的、社会调查的等等，都能对你有用。搜集这样的资料也并不困难，有时候资料简直是自己跃入你的眼中。反之，如果你脑海里没有这个问题，则所有这样的资料对你都是无用的。但是，一个人脑海里思考什么问题，什么时候思考什么问题，有时候自己也掌握不了。一个人一生中不知要思考多少问题。当你思考甲问题时，乙问题的资料对你没有用。可是说不定什么时候你会思考起乙问题来。你可能回忆起以前看书时曾碰到过这方面的资料，现在再想去查找，可就“云深不知处”了。这样的经验我一生不知碰到多少次了，想别人也必然相同。

那么怎么办呢？最好脑海里思考问题，不要单打一，同时要思考几个，而且要念念不忘，永远不让自己的脑子停摆，永远在思考着什么。这样一来，你搜集面就会大得多，漏网之鱼也就少得多。材料当然也就积累得多，养兵千日，用兵一时；一旦用起来，你就左右逢源了。

最后还要谈一谈时间的利用问题。时间就是生命，这是大家都知道的道理。而且时间是一个常数，对谁都一样，谁每天也不会多出一秒半秒。对我们研究学问的人来说，时间尤其珍贵，更要争分夺秒。但是各人的处境不同，对某一些人来说就有一个怎样利用时间的“边角废料”的问题。这个怪名词是我杜撰出来的。时间摸不着看不见，但确实是一个整体，哪里会有什么“边角废料”呢？这只是一个形象的说法。平常我们做工作，如果一整天没有人和事来干扰，你可以从容濡笔，悠然怡然，再佐以龙井一杯、云烟三支，神情宛如神仙，整个时间都是你的，那就根本不存在什么“边角废料”问题。但是有多少人能有这种神仙福气呢？鲁钝如不佞者几十年来就做不到。建国以来，我搞了不知多少社会活动，参加了不知多少会，每天不知有多少人来找，心烦意乱，啼笑皆非。回想“十年浩劫”期间，我成了“不可接触者”，除了蹲牛棚外，在家里也是门可罗雀。《罗摩衍那》译文八巨册就是那时候的产物。难道为了读书写文章就非变成“不可接触者”或者右派不行吗？浩劫一过，我又是门庭若市，而且参加各种各样的会，终日马不停蹄。我从前读过马雅可夫斯基的《开会迷》和张天翼的《华威先生》，觉得异常可笑，岂意自己现在就成了那一类人物，岂不大可哀哉！但是，人在无可奈何的情况下是能够想出办法来的。现在我既然没有完整的时间，就挖空心思利用时间的“边角废料”。在会前、会后，甚至在会中，构思或动笔写文章。有不少会，讲话空话废话居多，传递的信息量却不大，态度欠端，话风不正，哼哼哈哈，不知所云，又佐之以“这个”“那个”，间之以“唵”“啊”，白白浪费精力，效果却是很少。在这时候，我往往只用一个耳朵或半个耳朵去听，就能兜住发言的全部信息量，而把剩下的一个耳朵或一个半耳朵全部关闭，把精力集中到脑海里，构思，写文章。当然，在飞机上、火车上、汽车上，甚至自行车上，特别是在步行的时候，我脑海里更是思考不停。这就是我所说的利用时间的“边角废料”。积之既久，养成“恶”习，只要在会场一坐，一闻会味，心花怒放，奇思妙想，联翩飞来；“天才火花”，闪烁不停；此时文思如万斛泉涌，在鼓掌声中，一篇短文即可写成，还耽误不了鼓掌。倘多日不开会，则脑海活动，似将停止，“江郎”仿佛“才尽”。此时我反而期望开会了。这真叫作没有法子。

1988年10月26日写完

研究学问的三个境界

王国维在他著的《人间词话》里说了一段话：

古今之成大事业大学问者，必经过三种之境界："昨夜西风凋碧树，独上高楼，望尽天涯路。"此第一境也。"衣带渐宽终不悔，为伊消得人憔悴。"此第二境也。"众里寻他千百度，蓦然回首那人却在灯火阑珊处。"此第三境也。

尽管王国维同我们在思想上有天渊之别，他之所谓"大学问""大事业"，也跟我们了解的不完全一样。但是这一段话的基本精神，我们是可以同意的。

现在我就根据自己一些经验和体会来解释一下王国维的这一段话。"昨夜西风凋碧树，独上高楼，望尽天涯路。"意思是：在秋天里，夜里吹起了西风，碧绿的树木都凋谢了。树叶子一落，一切都显得特别空阔。一个人登上高楼，看到一条漫长的路，一直引到天边，不知道究竟有多么长。王国维引用这几句词，形象地说明了一个人立志做一件事情时的情景。志虽然已经立定，但是前路漫漫，还看不到什么具体的东西。

说明第二个境界的那几句词“衣带渐宽终不悔，为伊消得人憔悴”出自柳永《蝶恋花》。王国维只是借用那两句话来说明：在工作进行中，一定要努力奋斗，刻苦钻研，日夜不停，坚持不懈，以致身体瘦削，连衣裳的带子都显得松了。但是，他（她）并不后悔，仍然是勇往直前，不顾自己的憔悴。

在三个境界中，这可以说是关键。根据我自己的体会，立志做一件事情以后，必须有这样的精神，才能成功。无论是在对自然的斗争中，还是在阶级斗争中，要想找出规律，来进一步推动工作，都是十分艰巨的事情。

就拿我们从事教育和科学研究工作的人来说吧，搞自然科学的，既要进行细致深入的实验，又要积累资料。搞社会科学的，必须积累极其丰富的资料，并加以细致的分析和研究。在工作中，会遇到层出不穷的意想不到的困难，我们一定要坚忍不拔，百折不回，决不容许有任何侥幸求成的想法，也不容许徘徊犹豫。只有这样，才能得到最后的成功。

工作是艰苦的，工作的动力是什么呢？对王国维来说，工作的动力也许只是个人的名山事业。但是，对我们来说，动力应该是建设社会主义社会和共产主义社会。所以，我们今天的工作动力同王国维时代比起来，真有天渊之别了。

所谓不顾身体的瘦削，只是形象的说法，我们决不能照办。在王国维时代，这样说是可以的。但是到了今天，我们既要刻苦钻研，同时又要锻炼身体。一马万马的关系必须正确处理。

此外，我们既要自己钻研，同时也要兢兢业业地向老师学习。打一个不太确切的比喻，老师和学生一教一学，就好像是接力赛跑，一棒传一棒，跑下去，最后达到目的地。我们之所以要尊师，就是因为老师在一定意义上是跑前一棒的人。一方面，我们要从他手里接棒；另一方面，我们一定会比他跑得远，这就是所谓“青出于蓝，而胜于蓝”。

说明第三个境界的词引自辛弃疾的《青玉案》（元夕）。意思是：到处找他（她），也不知道找了几百遍几千遍，只是找不到。猛一回头，那人原来就在灯火不太亮的地方。中国旧小说常见的“踏破铁鞋无觅处，得来全不费工夫”，表达的也是这个意思。王国维引用这几句词，来说明获得成功的情形。一个人既然立下大志做一件事情，于是就苦干、实干、巧干。但是什么时候才能成功呢？对于这个问题大可以不必过分考虑。只要努力干下去，而方法又对头，干得火候够了，成功自然就会到你身边来。

这三个境界，一般地说起来，是与实际情况相符的。就王国维所处的时代来说，他在科学研究方面所获得的成绩是极其辉煌的。他这一番话，完全出自亲自的体会和经验，因此才这样具体而生动。

到了今天，社会大大地进步了，我们的学习条件大大地改善了，我们的学习动力也完全不一样了；我们都应该立下雄心大志，一定要艰苦奋斗，攀登科学的高峰。

1959 年 7 月

怎样学习外国语

这是我经常碰到的一个问题，也是学外语的人容易问的一个问题。我在 1997 年给上海《新民晚报》“夜光杯”这一栏目一连写了三篇《学外语》，其中也回答了怎样学习外语的问题。现在让我再写，也无非是那一些话。我索性把那三篇短文抄在这里，倒不全是为了偷懒。其中一些话难免与上面重复，我也不再去改写了，目的在保存那三篇文章的完整性。话，只要说得正确，多听几遍，料无大妨。

一

现在全国正弥漫着学外语的风气，学习的主要是英语，而这个选择是完全正确的。因为英语实际上已经成了一种世界语。学会了英语，几乎可以走遍天下，碰不到语言不通的困难。水平差的，有时要辅之以一点手势。那也无伤大雅，语言的作用就在于沟通思想。在一般生活中，思想决不会太复杂的。懂一点外语，即使有点洋泾浜，也无大碍，只要“老内”和“老外”的思想能够沟通，也就行了。

学外语难不难呢？有什么捷径呢？俗话说：“天下无难事，只怕有心人。”所谓“有心人”，我理解，就是有志向去学习又肯动脑筋的人。高卧不起，等天上落下馅儿饼来的人是绝对学不好外语的，别的东西也不会学好的。

至于“捷径”问题，我想先引欧洲古代大几何学家欧几里德（也许是另一个人，年老昏聩，没有把握）对国王说：“几何学里面没有御道！”“御道”，就是皇帝走的道路。学外语也没有捷径，人人平等，都要付出劳动。市场卖的这种学习法、那种学习法，多不可信。什么方法也离不开个人的努力和勤奋。这些话都是老生常谈，但是，说一说决不会有坏处。

根据我个人经验，学外语学到百分之五六十，甚至七八十，也并不十分难。但是，我们不学则已，要学就要学到百分之九十以上，越高越好。不到这个水平你的外语是没有用的，甚至会出娄子的。我这样说，同上面讲的并不矛盾。上面讲的只是沟通简单的思想，这里讲的却是治学、译书、做重要口译工作。现在市面上出售为数不太少的译本，错误百出，译文离奇。这些都是一些急功近利，水平极低而又懒得连字典都不肯查的译者所为。说句不好听的话，这些都是假冒伪劣的产品，应该归入严打之列的。

我常有一个比喻：我们这些学习外语的人，好像是一群鲤鱼，在外语的龙门下洑游。有天资肯努力的鲤鱼，经过艰苦的努力，认真钻研，锲而不舍，一不耍花招，二不找捷径，有朝一日风雷动，一跳跳过了龙门，从此变成了一条外语的龙，他就成了外语的主人，外语就为他所用。如果不这样做的话，则在龙门下游来游去，不肯努力，不肯钻研，就是游上一百年，他仍然是一条鲤鱼。如果是一条安分守己的鲤鱼，则还不至于害人。如果不安分守己，则必然堕入假冒伪劣之列，害人又害己。

做人要老实，学外语也要老实。学外语没有什么万能的窍门。俗语说：“书山有路勤为径，学海无涯苦作舟。”这就是窍门。

二

前不久，我写过一篇《学外语》，限于篇幅，意犹未尽，现在再补充几点。

学外语与教外语有关，也就是与教学法有关，而据我所知，外语教学法国与国之间是不相同的，仅以中国与德国对比，其悬殊立见。中国是慢吞吞地循序渐进，学了好久，还不让学生自己动手查字典，读原著。而在德国，则正相反。据说 19 世纪一位大语言学家说过：“学外语有如学游泳，把学生带到游泳池旁，一一推下水去；只要淹不死，游泳就学会了，而淹死的事是绝无仅有的。”我学俄文时，教师只教我念了念字母，教了点名词变化和动词变化，立即让我们读果戈理的《鼻子》，天天拼命查字典，苦不堪言。然而学生的主动性完全调动起来了。一个学期，就念完了《鼻子》和一本教科书。实践是检验真理的唯一标准，德国的实践证明，这样做是有成效的。在那场空前的灾难中，当我被戴上种种莫须有的帽子时，有的“革命小将”批判我提倡的这种教学法是法西斯式的方法，使我欲哭无泪，欲笑不能。

我还想根据我的经验和观察在这里提个醒：那些已经跳过了外语龙门的学者们是否就可以一劳永逸地吃自己的老本呢？我认为，这吃老本的思想是非常危险的。一个简单的事实往往为人们所忽略，世界上万事万物无不在随时变化，语言何独不然！一个外语学者，即使已经十分纯熟地掌握了一门外语，倘若不随时追踪这一门外语的变化，有朝一日，他必然会发现自己已经落伍了，连自己的母语也不例外。一个人在外国呆久了，一旦回到故乡，即使自己“乡音未改”，然而故乡的语言，特别是词汇却有了变化，有时你会听不懂了。

我讲点个人的经验。当我在欧洲待了将近十一年回国时，途经西贡等地时，从华侨和华人口中听到了“搞”这个字和“伤脑筋”这个词儿，就极使我“伤脑筋”。我出国之前没有听说过。“搞”字是一个极有用的字，有点像英文的do。现在“搞”字已满天飞了。当我在80年代重访德国时，走进了饭馆，按照四五十年前的老习惯，呼服务员为heverofer，他瞠目以对。原来这种称呼早已被废掉了。

因此，我就想到，不管你今天外语多么好，不管你是一条多么精明的龙，你必须随时注意语言的变化，否则就会出笑话。中国古人说："学如逆水行舟，不进则退。"要时刻记住这句话。我还想建议：今天在大学或中学教外语的老师，最好是每隔五年就出国进修半年，这样才不致为时代抛在后面。

三

前不久，我在《夜光杯》上发表了两篇谈学习外语的千字文，谈了点个人的体会，卑之无甚高论，不意竟得了一些反响。有的读者直接写信给我，有的写信给《夜光杯》的编辑。看来非再写一篇不行了。我不可能在一篇短文中答复所有的问题，我现在先对上海胡英琼同志提出的问题说一点个人的意见，这意见带有点普遍意义，所以仍占《夜光杯》的篇幅。

我在上述两篇千字文中提出的意见，归纳起来，不出以下诸端：第一，要尽快接触原文，不要让语法缠住手脚，语法在接触原文过程中逐步深化。第二，天资与勤奋都需要，而后者占绝大的比重。第三，不要妄想捷径，外语中没有"御道"。

学习了英语再学第二外语德语，应该说是比较容易的。英语和德语同一语言系属，语法前者表面上简单，熟练掌握颇难；后者变化复杂，特别是名词的阴、阳、中三性，记得极为麻烦，连本国人都头痛。背单词时，要连同词性 der、die、das 一起背，不能像英文那样只背单词。发音则英文极难，英文字典必须使用国际音标。德文则一字一音，用不着国际音标。

学习方法仍然是我讲的那一套：尽快接触原文，不惮勤查字典，懒人是学不好任何外语的，连本国语也不会学好。胡英琼同志的具体情况和具体要求，我完全不清楚。信中只谈到德文科技资料，大概胡同志目前是想集中精力攻克这个难关。

我想斗胆提出一个“无师自通”的办法，供胡同志和其他读者参考。你只需要找一位通德语的人，用上二三个小时，把字母读音学好。从此你就可以丢掉老师这个拐棍，自己行走了。你找一本有可靠的汉文译文的德文科技图书，伴之以一本浅易的德文语法。先把语法了解个大概的情况，不必太深入，就立即读德文原文，字典反正不能离手，语法也放在手边。一开始必然如堕入五里雾中。读不懂，再读，也许不止一遍两遍。等到你认为对原文已经有了一个大概的了解，为了验证自己了解的正确程度，只是到了此时，才把那一本可靠的译本拿过来，看看自己了解得究竟如何。就这样一页页读下去，一本原文读完了，再加以努力，你慢慢就能够读没有汉译本的德文原文了。

科技名词，英德颇有相似之处，记起来并不难，而且一般说来，科技书的语法都极严格而规范，不像文学作品那样不可捉摸。我为什么再三说“可靠的”译本呢？原因极简单，现在不可靠的译本太多太多了。

1997年3月27日

汉语与外语（节选）

一、问题的提出

我们正处在 20 世纪的世纪末中，也可以说是处在第二千纪的千纪末中，再过几年，一个新的世纪，21 世纪和一个新的千纪，第三千纪，就要来到我们眼前。值此世纪和千纪转轨之际，学术界的各门学科都在进行回顾与前瞻，我们语言学界当然也不会例外。在过去将近一百年中，我们学术界以及学术界以外一些人士，对待外语的态度有天翻地覆的转变。总的发展趋势是，由世纪初的漠然懵然进到了世纪末的肃然狂然。时至今日，不但大中小学都有了英文教学，连给店铺起名，给商品命名，给新生婴儿起名字，都非带点洋味不行，连官方的电台也称之为 ×TV。如此等等，不一而足。这是好事呢，还是坏事？这是进步呢，还是退化？兹事体大，非三言两语可以说清楚的，这里先不深入探讨。但是，我个人总认为，这是大势所趋，这是世界潮流所向，九斤老太头摇得再厉害，也无济于事。

但是，我们语言学界也不能特立独行，我们也不能反潮流，我们也必须在回顾与前瞻的基础上思考与语言有关的问题。问题是千头万绪，决不能毕其功于一役。我先提出一个在我们日常活动中和学术研究中汉语与外语的关系问题，来谈一谈我个人的看法。

二、当前的情况

社会上一般的情况，我已在上面稍有所涉及，我在这里集中谈学术界的情况，特别是北京大学的情况，后者是有些代表性的。

北大是处在社会中的，并非世外桃源。社会上弥漫着的外国热、实际上就是英语热，当然会波及北大；不但波及，而且变本加厉。可是根据我多年的仔细观察与体会，我终于发现，尽管在这里英语热热得发烫，但是，该学的人中却有不爱学者，而在学习的人中，学习的方式和目的都令人担忧。

什么叫“该学的人”呢？我首先指的是教师，而且不是哪一科的教师，而是所有的教师。到了今天，大家都会承认，所有的国家，所有的学科，都是世界性的，国际性的，哪一科也不能自我封闭，闭关锁国。如果真想这样做的话，其无前途完全是可以断言的。就拿中国国学来说，表面上来看，这是中国的学问，中国学者不通外语，完全能够玩得转的。然而，如果不是井蛙观天而是放眼世界的话，则立刻就能发现，别的国家也在研究我们的“国学”，而且由于研究基础和传统的不同，由于研究角度和方式的差异，往往能发我们所未发之覆。这样的例子比比皆是，俯拾即得，不承认是不行的。中国古人早就认识到这个真理了，他们说“他山之石，可以攻玉”，讲的就是这个道理。外国汉学家往往喜欢搞一些很小很偏僻的题目，搞一些我们中国国学家所疏忽不注意的题目，搞一些由于语言条件的限制而我们搞不了的课题。这些题目完全可以弥补我们的不足，使我们的国学研究涵盖面更广，钻研得更深。这会大大地有利于我们的国学研究，彰彰在人耳目，不言自明。至于国学以外的其他国际通行的学科，我们更需要随时了解世界各国同行们的研究情况，决不允许闭门造车，其道理更是人人都能明白的，解释反而会成为赘疣。

能做到这一步，必须通外语。

现在北大流行一种说法：我们的学科要与外国接轨。我认为这个说法提得好，提得鲜明生动，是不易之理，也是我们中国学术界进步的表现。

但是，如果想接轨，必须首先知道，轨究竟在什么地方，否则自己的轨往哪里去接呢？乱接一气，驴唇对不上马嘴，接这样的轨有什么用处呢？

真想接轨，必须通外语。

事实上，有一些轨就在眼前，比如说到外国去参加国际学术讨论会，出席的基本上都是同行的学者，这些就是摆在眼前的轨，要想接立刻就能接上。然而，“眼前有轨接不得，只缘缺乏共同语”。我曾多次参加国外举办的国际学术讨论会。有时候我国派出去规模相当大的代表团，参加者多为著名的学者，个个满腹经纶，学富五车，在国内国际广有名声。如果请他用中国话作学术报告，必然是广征博引，妙语连珠，滔滔如悬河泻水，语惊四座。然而，我们的汉语，虽然在世界上使用的人数居众语的前列，可惜由于种种原因还没有能争取到国际学术通用语的地位，一出国门，寸步难行。没有哪一个在国外召开的学术会议规定汉语为会上发表论文的通用语，我们只好多带翻译。然而有不少会议规定，参加主席团不能带翻译，宣读学术论文不能带翻译。于是不会说洋话的代表团团长（在国内往往是个官）只好退避三舍，成为后座议员。而有一些很有价值的优秀论文也得不到向国外同行们显示的机会。

在会议休息时，往往到大客厅里去喝点咖啡或茶，吃点点心，这正是不同国家的学者们交流感情、增强友谊的好时机。每一位学者手端一杯饮料，这里聊上几句，那里侃上一阵，胡谈乱侃中，往往包含着最新的学术消息。如果有共同的语言，这真是如鱼得水，不费吹灰之力，就能“秀才不出厅，便知天下事”。然而可惜的是我们中国的学者，只带了一张嘴，却没有带语言工具，除了点头微笑之外，连“今天天气，哈，哈，哈”都说不出来。尴尬之态可掬，只好找中国人扎堆儿谈话。

参加国外学术会议，必须通外语。

我在上面举的这几个必须学习外语的例子，只是顺手拈来，一点求全的意思也没有。真想求全，是办不到的，也是没有必要的。我觉得，仅仅这些小例子也足以令人触目惊心了。我谈的对象也决不仅仅限于大学的圈子，这个圈子以外的所有的科研机构中的人员，都应当包括在里面的。

至于在政府部门，不管是经济、教育、法治、国防，等等，都必须同外国同行或非同行打交道。语言不能沟通，必须配备翻译，翻译必须学外语，而且还要学好外语，这属于常识之列，用不着多说了。

我现在想从另外一个角度来谈一谈学习外语的必要性。不管是在大学，还是在科研部门，研究学问第一步要懂目录学，特别是与自己研究的学科有关的目录学，这是必不可少的一步。中国有造诣的学者，比如说乾嘉诸大师，以及西方各门学科有成就的学者，无不如此。不通目录学，不看新杂志，你连一个值得研究的题目都不会找到。研究学问，不能闭着眼睛捉麻雀。一个题目，特别是在自然科学内，如果别的国家的学者已经研究过，而且已经得出了结果，你懵懂无知，又费上力量，从事研究。如果真出现这种情况，将会腾笑士林，无颜见人。在人文社会科学中，情况与此稍有区别。比如一个庄子，别人能研究，你当然也能研究。因为人文社会科学有一些题目不是钉是钉，铆是铆，同一个题目结果也能够而且允许不同的。即使是这样，人文社会科学者也必须了解国内外与自己研究有关的进展情况，与自己看法相同的可以增加研究信心，与自己看法不同的可以供自己进一步推敲和思考。而且研究学问，不是创作写诗，你必须认真搜集资料，资料越多越好，要有“竭泽而渔”的气魄。古代学者只搜集中国材料就足够了。我们处于今天信息爆炸的时代，搜集资料只限于中国是绝对不行的，必须放眼世界。这是时势使然，不这样做，是不行的，而想做到这一步，必须学习外语。

根据我上面的极简短的说明，人们已经可以知道，在当前中国，学习外语的重要性已昭如日月。我既讲了北大的教师，也讲到了北大以外的科学工作者。很可惜，在这些人中，不懂外语的和所懂不多的，人数并不算太少。更可惜的是，他们自我感觉极为良好，对学习外语的重要性似乎一点也不理会。我希望，这种局面能够尽快改变。

在“该学的人”之外，我还必须提到一类“学者”，我的意思是指“学的人”或者“爱学的人”。他们爱学外语，当然是一件绝大的好事。但是我又说到，他们学习的方式和目的都令人担忧。这是什么意思呢，这一类人中，青年学生较多。他们学习得非常刻苦，除了上正课以外，有的还参加什么“英语强化班”，有的简直到了废寝忘食的程度。他们真懂得了学习外语（首先是英语）的重要性了吗？倘你进一步深入了解，可以说，在一种特殊的意义上，他们是懂得的。英语是一把金钥匙，可以帮他们打开出国的大门，可以帮他们拿到绿卡，可以使他们异化为非中国人。这是学习的目的，目的决定学习方式。指导他们学习的指挥棒就是大名鼎鼎的托福和GRE。这两个指挥棒怎样指挥，他们就怎样跟着转，不肯也不敢越雷池一步。这样学外语会得到一个什么结果，可以想见。抱着这样的目的，使用这样的方式来学习外语，难道还不令人担忧吗？

三、我对出国留学的看法

读了上面我写的那一些话，也许有人会怀疑我是反对出国留学的。

不，不，绝对不是这样。我不但不反对中国青年学生出国留学，而且真诚地积极地希望和帮助他们这样做。不但年轻学生，连并不年轻的教员，不管是哪一门学科的，我都希望他们能够出国看一看，学一学，时间可长可短，走的国家可多可少，访问和学习的方式可以多种多样。多少年来，世界各国的人士都承认，现在的世界越变越小了。不但“鸡犬之声相闻，老死不相往来”的时代早已被我们远远地抛在后面，连法显、玄奘、义净时代到天竺去取经要经过艰难跋涉、千辛万苦的情况，也早已成为历史陈迹。当今之世，出国千里万里，朝发夕至，人类连当年被认为是“天上宫阙”的月球都能够登上。要想再当井底之蛙，是决无可能的。何况我们这一些在大学或其他科研机构学习和工作的人，更需要放眼世界，否则学习和工作都决无前途。因此我才有上面说到的那些想法和希望。

但是，我希望我们中国的老、中、青年的学者们，甚至包括一些学生在内都能够到国外去看一看，学一学，其目的同当前的人数不能算是太少的青年们努力通过托福和GRE考试的目的是绝对不相同的，是针锋相对的。我希望，他们看一看、学一学之后还要回到我们的祖国来，用看到的和学到的本领来建设我们的国家。而那些兀兀穷年，废寝忘食努力学习外语，通过必要的测试终于到了外国的青年人，他们的最终目的是能拿到绿卡，放弃了中国国籍。正如中国俗话所说的那样：牛肉包子打狗，一去不回头。

我是坚决反对和蔑视这种行为的。

但我自己并不是一个极端狭隘的民族主义者。在今天的世界上，放弃一个国籍，取得一个新国籍，这完全是个人的行动，并不是犯法的行为。可是我觉得对这个问题必须作具体的分析，不能眉毛胡子一把抓。所谓“具体的分析”者，就是要看为什么，在什么时候，加入什么国家，放弃什么国家。这话太玄虚，还是直白地说为好。我不讲别的国家，只讲中国与美国。中国是一个穷国，而美国是一个富国，就眼前来说，这是最大的区别。嫌贫爱富，虽然说是人之常情，但是却一向为中国伦理道德所鄙视。西方国家的伦理道德可能是完全不一样的，他们可能认为这是正常和正当的行为，别人无权说三道四。

但是，在中国则不然。前几年，我曾写过一篇文章《一个老知识分子的心声》。其中我谈到，几千年来，中国的知识分子养成了两个突出的特点，一个是爱国主义，一个是讲骨气，两者有联系，又有区别。存在决定意识，这两个特点也是中国历史存在所决定的。中国从先秦起，每一个朝代都有“边患”，也就是外敌的侵略和骚扰。这些外敌今天可能已融入中华民族大家庭中，但在当年却确是敌人，屠杀我人民，强占我土地。这种长达几千年的外敌压境的情况，就决定了中华传统的爱国主义。像文天祥、林则徐等等家喻户晓的爱国人物，没有外敌的国家是不会产生的。

至于讲骨气，则与此有联系，又有区别。在外寇的斧钺面前，决不贪生怕死，这也是爱国主义的一种表现。在别的地方，中国人也讲骨气。宁愿饿死也不吃嗟来之食，几千年来在中国传为美谈。

眼前，我们国家社会正处在转型时期，由于众多的原因造成了我们仍然是一个穷国，人们，当然包括知识分子在内，工资极低，同国外比较起来，简直让人感到寒碜和脸红。我认为，这只能是一个暂时的过渡现象，将来一定会改变的。我们眼前的日子确实过得非常紧，可并没有看到哪一个知识分子真正挨饿的。而且按照中国古老的传统，越是在困难中越应该显出我们的骨气。“岁寒，然后知松柏之后凋也。”这句话道出了中国知识分子的心声。

然而，可悲的是，这一个在世界民族之林中也能称得上独特的值得称扬的优良传统，今天已被个别中国青年人忘掉了，忘得无影无踪了。为了生活得好一点，多捞一些美元，竟忍气吞声心甘情愿地住在一个中国人被视为不知是几等（反正连二等也够不上）公民的国家里，天天吃着嗟来之食，我真想问一声：美国的黄油面包你咽得下去吗？自己国家的事办不好，有骨气的人都应当咬一咬牙，排除万难，把自己的事办好，焉得厚着脸皮赖在人家的国家里不走！

请大家千万不要误会，我并不是笼统地反对加入外国国籍。有的中国人，虽然入了美国籍，但身在异域，心悬中华，想方设法，帮助祖国办好教育，搞好科研，希望祖国真正富强起来。这样的人，在别的国家是极少见的。有的西方国家的人，一旦异化为美国人，就弃自己原来的祖国若敝屣，这同他们缺少真正的爱国主义这一件事实是密切相联的。

但是，话又说了回来，我对那些极少数身处异域，心悬中华的人，虽然有点尊敬，但是，我的尊敬是有限度的。在我的心理天平上，这种人同学成回国宁愿一箪食一瓢饮的人，分量是有相当大的悬殊的。

四、语言，特别是外语的功能

上面的话扯得太远了，还是收回来谈语言问题为宜。

语言是什么？如果硬钻牛角，世界上许多语言学派都有自己对语言下的定义，我个人觉得，这些定义都有片面的道理；但都有偏颇之处。我在这里不是写论语言的专著，我想完全不理会那些定义，我想只用传统的对语言的看法也就够了，这种看法就是语言是人类交流思想的工具。这是不是就是想说，只有人类才有思想，因而才有思想交流的工具呢？也还不这样简单。人类中有哑巴一种人，他们无语言而有思想，想要交流，只能靠手势。至于他们如何理解外在的世界，恐怕永久会成为一个谜，除非哑巴忽然能说了话，别人实无法越俎代庖。这问题我在这里先不谈。

至于禽兽有无语言，我知道，国外个别语言学家是主张禽兽也有语言的。这个问题同我现在要谈的问题无关，我在这里也先不谈。

我现在谈语言的功能，特别是外语的功能。对我们懂汉语又懂外语的人来说，同外国人交流思想，外语是绝对不可缺少的。然而，我却听说，30 年代一个国民党政府驻意大利的公使（那时候还没有大使）只用一个意大利文相当于汉语“这个”的词儿，就能指挥使馆里的意大利工作人员完成他的指示。比如说，他指着窗子说“这个”“这个”。意大利人一看窗子，如果是开着，就把它关上；如果是关着，就把它打开。于是任务完成，皆大欢喜。其余的事情可以此类推。宋代赵普以半部《论语》治天下，我们的公使先生以“这个”一词治大使馆，古今异曲同工，堪称佳话。然而外语之为用渺乎小矣！

这当然是一个极端的例子，然而确实是事实。如你不信，我再举一个例子。50 年代我随中国科学院代表团赴东德开会，在莫斯科旅馆中碰到一位著名的国际活动家。她是从中国到日内瓦去开会的，孤身一人，一个翻译也没有带，而她自己又逊那一位公使一筹，连外语的“这个”也不会说。然而竟能行万里路，从容不迫。我们私下议论，实在猜不透她在路上是怎样生活的。这也是一个事实。外语的功能又显得渺小了。

但是，我必须郑重声明，这些个别的例子，虽为事实，实不足为训。那一位到了日内瓦参加会议时必定会用翻译的。那一位公使在外交谈判中只用“这个”，也是办不到的。我决不是劝人不学外语，而是劝人外语学得越多越好。我只想告诉读者，汉语和外语的功能都不是绝对化的。我们不是哑巴能够说话，但有时还未免要动用手势。中国古时就有言意之辨，言是难以尽意的。不管怎样，我个人的经验是，掌握汉语或外语越好，则动用手势越少；反之则越多，而产生误会的机会也就越多，这种情况有时会影响思想交流，影响社会生活。在关键时刻，还会贻误“戎机”，产生极其恶劣的影响。因此，我们必须尽上一切力量掌握好汉语和外语。

五、翻译的危机

一个人掌握一种外语，已极不易，遑论多种！但是，居今之世，国与国之间必须打交道，打交道就必须靠翻译。这已是常识，不必多谈。

中国是最早的有翻译的国家，在先秦典籍中，已有翻译的记载。自从汉代印度佛教传入中国以后，中印高僧以及其他一些中亚民族的高僧，从事译经工作者，代不乏人。明末欧风东渐，又掀起了一股从西方语言译为汉文的高潮。此外，还有古今少数民族，如藏、蒙、回鹘等，也都翻译了大量的佛典。到了近代和现当代，翻译的范围日益扩大，翻译的功能日益显著。在某一些方面，已经到了没有翻译就无法过日子的程度了。

从上面极其简略的叙述中，我们已经可以断言，从古至今，从实践到理论，中国都可以算是世界翻译第一大国。然而，根据我个人的经验和观察，中国现在存在着相当严重的翻译危机。我们翻译的量不是世界第一；我们翻译的面也不是世界第一；我们翻译的及时程度更不是世界第一。在这些方面，日本都走在我们前面。我个人没有研究过日本的翻译，他们的质量怎样，我不敢瞎说。但是，我们中国当前的翻译质量却不能不令人忧心忡忡。我接触的翻译并不是太多；但是，仅就我接触到的那一些来说，质量或多或少是有问题的，其中原因很多。有的译者外语水平不高，又不肯下死功夫去学习，急功近利，靠翻字典来翻译。有的人自以为是，连字典也不肯翻，抓住一本书，就译开了。其结果如何，不问可知。出版社的所谓责任编辑，有的通外语，有的通之不多，他们有的不肯核对原文。社会上，出版界，又缺乏有力的审查和监督制度。我认为，这是一种极不负责的态度。现在有某一些译本，不用查原文，仅从汉文不通之处，就能推知译文是有问题的。可惜这种危机现象还并没有能引起社会上，尤其是文艺界和学术界的普遍关注，一味听之任之，文恬武嬉，天下太平。

然而，我的心里面却无论如何也太平不下去，我深深知道翻译的重要性。从外国原作者来说，不管他们的学问多么大，书写得多么精彩，对不懂原书的语言的外国人来说却都是像天书一般。谁也没有如来佛那样大的本领，有天眼通，有天耳通，能识尽人世间一切文字和语言。在世界各国，不管你能通多少外语，反正不能尽通。像这样能通多种外语的人，还不得不依靠翻译，遑论他人！就全体而论，我们中国人，尽管谁也不敢说我们缺少学习外语的天才，可是，事实上，我们由于种种原因，同东方一些国家相比，我们中国的外语水平还是比较低的。专以英文水平而论，我们普遍性和水平较之印度，甚至亚洲和非洲的一些国家，还是有相当差距的。不承认这一点，不能算是实事求是的态度。

学习外语，浅尝辄止，似乎并不困难。但要精通，却必须付出极大的劳动，还必须有相当高的才能。两者缺一不可。

口译难，笔译也不易。在这两方面，我个人都有不少经验与教训。我曾学习过不少的外语；但是，有的已经交还给老师。在剩下的那些外语中，笔译我使用过五六种，其中包括那一种稀奇古怪的吐火罗文。从梵文中译成汉文的最多，巴利文、英文和德文都有。口语能应用到一定程度的，只有英文和德文。口译工作我也曾作为临时客串担任过，其中困难，我所深知。端坐摆满山珍海味的宴会桌前，食难下咽，如坐针毡。大约只有干过这一行的，才能知道其中的滋味。至于我的口译究竟贪污了多少，那就概难言矣。在这里，我还必须声明一句：我对有一些外语都是用过十年寒窗的苦功的，决非仓促临阵磨枪。

我剌剌不休地说这些话有什么用呢？我只想说一点，就是学习外语并不容易。我在下面还会谈到这个问题。这同今天的翻译危机有什么瓜葛呢？我个人认为，今天翻译之所以有危机，最根本的原因就是，有一些译者有意或无意地认为学习外语很容易。我们必须下定决心，力矫这种弊端，然后我们外语界才有希望。

六、学习哪一种外语

我在上面多次谈到学习外语的重要性。但是，在世界上，民族林立，几乎都各有各的语言或方言，其数目到现在仍然处在估计阶段，究竟有多少，没有人能说得清楚。至于语言的系属和分类的方法，更是众说纷纭，一直也没有大家都承认的定论。

一个明显的问题摆在我们眼前：我们中国人要学习哪一种或几种外语呢？这个问题在中国实际上已经解决了，学校里，科研单位，社会上，都在学习英语，而这个解决方式是完全正确的。

当年马克思和恩格斯共同领导世界共运时，根据传记的记载，他们两人之间也有所分工，马克思主要搞经济问题和理论研究，恩格斯分工之一是搞军事研究，在他们的圈子里，恩格斯有一个绰号叫“将军”。至于语言，两人都能掌握很多种。希腊文和拉丁文在中学就都学过，马克思能整段整段地背诵古希腊文学作品。据说他们对印度的梵文也涉猎过。他们两人都能用德、英、法文写文章。德文以外，用英文写的文章最多，这是当时的环境使然，不足为怪。恩格斯更是一个语言天才，能说十几种外语。他们同家属一起到北欧去旅游，担任翻译的就是恩格斯。

说起来，他们学习外语的方针是：需要和有用。60年前，当我在德国大学里念书的时候，德国文科高中毕业的大学生，在中学里至少要学三种外语：希腊文、拉丁文、英文或法文。拉丁文要学八年，高中毕业时能用拉丁文致词。德国大学生的外语水平，同我们中国简直不能同日而语，这对他们不管学习什么科都是有用的。欧洲文化的渊源是古希腊和罗马，他们掌握了这两种语言，给他们的人文素质打下了深厚广阔的基础。至于现代语言，比如英文、法文、荷兰和北欧诸国的语言，由于有语言亲属关系，只要有需要，他们用不着费多大的力量，顺手就能够捡起。据我的观察，他们几乎没有不通英文的。

总之，他们学习外语的方针依然是：需要和有用。

我们中国怎样呢？我们学习外语的目的和方针也不能不是需要和有用。拿这两个标准来衡量，我们今天学习外语首当其冲的就是英语。而近百年来我们的实践过程正是自觉或不自觉地遵守了这个方针。五四运动前，英语已颇为流行。我们通过英语学习了大量的西方知识，连德、法、俄、意等国的著作，也往往是通过英语的媒介翻译成了汉文的。五四运动以后， 有些地方从小学起就开始学英文。初中和高中都有英文课，自然不在话下。山东在教育方面不是最发达的省份，但是，高中毕业生都会英文。学习的课本大概都是《泰西五十轶事》《天方夜谭》《莎氏乐府本事》等，英文文法则用《纳氏文法》。从这些书本来看，程度已经不算太浅了。可是，根据我的观察和经验，山东英文水平比不上北京、上海等地的高中毕业生。在这两个地方，还加上天津，有的高中物理学已经采用美国大学一年级的课本了。

总而言之，中国一百年以来，学习外语，选择了英文，是完全合情合理的，是顺乎世界潮流的。

大家都知道，英文是英国、美国、加拿大、澳大利亚、新西兰等国的国语。连在印度，英文也算是国语之一。印度独立后第一部宪法规定了英文作为印度使用的语言的使用期，意思是，过了那个时限，英文就不再是宪法规定的使用语言了。但是，由于印度语言和方言十分繁杂，如果不使用英文，则连国会也难以开成。英文的使用期不能不无限期地延长了。在非洲，有一些国家也不得不使用英文。我们中国人，如果能掌握了英文，则游遍世界无困难。在今天的世界上，英文实际上已经成了“世界语”了。

说到“世界语”，大家会想到1887年波兰人柴门霍夫创造的Esperanto。这种“世界语”确实在世界上流行过一阵。中国人学习的也不少，并且还成立了世界语协会，用世界语创作文学作品。但是，到了今天，势头已过，很少有人再提起了。此外还有一些语言学家制造过一些类似 Esperanto 之类的人造语言，没有产生什么效果。有的专家就认为，语言是自然形成的，人造语言是不会行得通的。

可是，据我所了解到的，有人总相信，世界上林林总总的人民，将来有朝一日，总会共同走向大同之域，人类总会有，也总需要有一种共同的语言。这种共同语言不是人造的，而是自然形成的。但形成也总需要一个基础，这个基础是哪一种语言呢？从眼前的形势来看，英文占优先地位。但是，英文能不能成为真正的“世界语”呢？我听有人说，英文单独难成为“世界语”的。英文的结构还有一些不合乎人类思维逻辑的地方。有的人就说，最理想的“世界语”是英文词汇加汉语的语法。这话初听起来有点近似开玩笑。但是，认真考虑起来，这并非完全是开玩笑。好久以来，就有一种汉文称之为“洋泾浜英语”，英文称之为 Pidg in English 的语言，是旧日通商口岸使用的语言。出于需要，非说英语不行，然而那里的中国人文化程度极低，没有时间，也没有能力去认真学习英语，只好英汉杂烩，勉强能交流思想而已。这种洋泾浜英语，好久没有听说了。不意最近读到《读书》1998 年第 3 期，其中有一篇文章《外语为何难学？》一文中讲到：

语言具有表达形式与表达功能两套系统。两套系统“一分为二”还是“合二而一”，直接影响到语言本身的学习。作者举英语为例，儿童学话，但求达意，疏于形式，其错误百出，常令外人惊愕。

如 I done it（I did it）（我做了它）；She no sleeping（She is not sleeping）（她没有睡）；Nobody don’t like me（Nobody like me）（没有人喜欢我）。这表示功能与形式有了矛盾，等到上学时，才一一纠正。至于文盲则“终身无悔”了。当它作为外语时，这一顺序则正相反，即学者已经具备表达功能，缺少的仅仅是一套表达形式。作者这些论述给了我许多启发。三句例子中，至少有两句合乎洋泾浜英语的规律。据说洋泾浜英语中有 no can do 这样的说法，换成汉语就是“不能做”。为什么英国小孩学说话竟有与洋泾浜英语相类似之处呢？这可能表示汉语没有形式变化，而思维逻辑则接近人类天然的思维方式。英语那一套表达形式中有的属于画蛇添足之类。因此，使用英语词汇，统之以汉语语法，从而形成的一种世界语，这想法不一定全是幻想。这样语言功能与表达形式可以统一起来。这种语言是人造的，但似乎又是天然形成的，与柴门霍夫等的人造的世界语，迥异其趣。

1998 年 6 月 13 日

学术良心或学术道德

“学术良心”，好像以前还没有人用过这样一个词，我就算是“始作俑者”吧。但是，如果“良心”就是儒家孟子一派所讲的“人之初，性本善”中的“性”的话，我是不信这样的“良心”的。人和其他生物一样，其“性”就是“食、色，性也”的“性”；其本质是一要生存，二要温饱，三要发展。人的一生就是同这种本能作斗争的一生。有的人胜利了，也就是说，既要自己活，也要让别人活，他就是一个合格的人。让别人活的程度越高，也就是为别人着想的程度越高，他的“好”，或“善”，也就越高。“宁要我负天下人，不要天下人负我”，是地道的坏人，可惜的是，这样的人在古今中外并不少见。有人要问：既然你不承认人性本善，你这种想法是从哪里来的呢？对于这个问题，我还没有十分满意的解释。《三字经》上的两句话“性相近，习相远”中的“习”字似乎能回答这个问题。一个人过了幼稚阶段，有意识地或无意识地会感到，人类必须互相依存，才都能活下去。如果一个人只想到自己，或都是绝对地想到自己，那么，社会就难以存在，结果谁也活不下去。

这话说得太远了，还是回头来谈“学术良心”或者学术道德。学术涵盖面极大，文、理、工、农、医，都是学术。人类社会不能无学术，无学术，则人类社会就不能前进，人类福利就不能提高；每个人都是想日子越过越好的，学术的作用就在于能帮助人达到这个目的。大家常说，学术是老老实实的东西，不能掺半点假。通过个人努力或者集体努力，老老实实地做学问，得出的结果必须是实事求是的。这样做，就算是有学术良心。剽窃别人的成果，或者为了沽名钓誉创造新学说或新学派而篡改研究真相，伪造研究数据，这是地地道道的学术骗子。在国际上和我们国内，这样的骗子亦非少见。这样的骗局绝不会隐瞒很久的，总有一天真相会大白于天下的。许多国家都有这样的先例。真相一旦暴露，不齿于士林，因而自杀者也是有过的。这种学术骗子，自古已有，可怕的是于今为烈。我们学坛和文坛上的剽窃大案，时有所闻，我们千万要引为鉴戒。

这样明目张胆的大骗当然是绝不允许的。还有些偷偷摸摸的小骗，也不能不引起我们的戒心。小骗局花样颇为繁多，举其荦荦大者，有以下诸种：在课堂上听老师讲课，在公开学术报告中听报告人讲演，平常阅读书刊杂志时读到别人的见解，认为有用或有趣，于是就自己写成文章，不提老师的或者讲演者的以及作者的名字，仿佛他自己就是首创者，用以欺世盗名，这种例子也不是稀见的。还有，有人在谈话中告诉了他一个观点，他也据为己有，这都是没有学术良心或者学术道德的行为。

我可以无愧于心地说，上面这些大骗或者小骗，我都从来没有干过，以后也永远不会干。

我在这里补充几点梁启超在他所著的《清代学术概论》中谈到的清代正统派的学风的几个特色："隐匿证据或曲解证据，皆认为不德。""凡采用旧说，必明引之，剿说认为大不德。"这同我在上面谈的学术道德（梁启超的"德"）完全一致。可见清代学者对学术道德之重视程度。

此外，梁启超上书中还举了一点特色："孤证不为定说。其无反证者姑存之。得有续证，则渐信之。遇有力之反证则弃之。"可以补充在这里，也可以补充在上一节中。

抓住一个问题终生不放

根据我个人的观察，一个学人往往集中一段时间，钻研一个问题，搜集极勤，写作极苦。但是，文章一旦写成，就把注意力转向另外一个题目，已经写成和发表的文章就不再注意，甚至逐渐遗忘了。我自己这个毛病比较少。我往往抓住一个题目，得出了结论，写成了文章；但我并不把它置诸脑后，而是念念不忘。我举几个例子。

我于 1947 年写过一篇论文《浮屠与佛》，用汉文和英文发表。但是限于当时的条件，其中包括外国研究水平和资料，文中有几个问题勉强得到解决，自己并不满意，耿耿于怀者垂四十余年，一直到 1989 年，我得到了新材料，又写了一篇《再谈“浮屠”与“佛”》，解决了那一个悬而未决的问题，心中极喜。最令我欣慰的是，原来看似极大胆的假设竟然得到了证实，心中颇沾沾自喜，对自己的研究更增强了信心。觉得自己的“假设”确够“大胆”，而“求证”则极为“小心”。

第二个例子是关于佛典梵语中 -am ＞ o 和 u 的几篇文章。1944

年我在德国哥廷根写过一篇论文，谈这个问题，引起了国际上一些学者的注意。有人，比如美国的F·Edgerton（埃杰顿），在他的巨著《混合梵文文法》中多次提到这个音变现象。最初坚决反对，提出了许多假说，但又前后矛盾，不能自圆其说，最后，半推半就，被迫承认，却又不干净利落，窘态可掬；因此引起了我对此人的鄙视。回国以后，我连续写了几篇文章，对Edgerton加以反驳，但在我这方面，我始终没有忘记进一步寻找证据，进一步探索。这些情况我在上面的叙述中都已经谈到过。由于资料缺乏，一直到了1990年，上距1944年已经过了四十六年，我才又写了一篇比较重要的论文《新疆古代民族语言中语尾-am > u的现象》。在这里，我用了大量的新资料，证明了我第一篇论文的结论完全正确，无懈可击。

例子还能举出一些来。但是，我觉得，这两个也就够了。我之所以不厌其烦地谈论这个问题，是因为我看到有一些学者，在某一个时期集中精力研究一个问题，成果一出，立即罢手。我不认为这是正确的做法。学术问题，有时候一时难以下结论，必须锲而不舍，终生以之，才可能得到越来越精确可靠的结论。有时候，甚至全世界都承认其为真理的学说，时过境迁，还有人提出异议。听说，国外已有学者对达尔文的“进化论”提出了不同的看法。我认为，这不是坏事，而是好事，真理的长河是永远流逝不停的。

勤奋、天才（才能）与机遇

人类的才能，每个人都有所不同，这是大家都看到的事实，不能不承认的。但是有一种特殊的才能一般人称之为“天才”。有没有“天才”呢？似乎还有点争论，有点看法的不同。“文化大革命”期间，有一度曾大批“天才”，但其时所批“天才”，似乎与我现在讨论的“天才”不是一回事。根据我六七十年来的观察和思考，有“天才”是否定不了的，特别在音乐和绘画方面。你能说贝多芬、莫扎特不是音乐天才吗？即使不谈“天才”，只谈才能，人与人之间也是相差十分悬殊的。就拿教梵文来说，在同一个班上，一年教下来，学习好的学生能够教学习差的而有余。有的学生就是一辈子也跳不过梵文这个龙门。这情形我在国内外都见到过。

拿做学问来说，天才与勤奋的关系究竟如何呢？有人说：“九十九分勤奋，一分神来（属于天才的范畴）。”我认为，这个百分比应该纠正一下。七八十分的勤奋，二三十分的天才（才能），我觉得更符合实际一点。我丝毫也没有贬低勤奋的意思。无论干哪一行的，没有勤奋，一事无成。我只是感到，如果没有才能而只靠勤奋，一个人发展的极限是有限度的。

现在，我来谈一谈天才、勤奋与机遇的关系问题。我记得六十多年前在清华大学读西洋文学时，读过一首英国诗人 Thomas Gray 的诗，题目大概是叫《乡村墓地哀歌》，诗的内容，时隔半个多世纪，全都忘了，只有一句还记得："在墓地埋着可能有莎士比亚。"意思是指，有莎士比亚天才的人，老死穷乡僻壤间。换句话说，他没有得到"机遇"，天才白白浪费了。上面讲的可能有张冠李戴的可能；如果有的话，请大家原谅。

总之，我认为，"机遇"（在一般人嘴里可能叫作"命运"）是无法否认的。一个人一辈子做事，读书，不管是干什么，其中都有"机遇"的成分。

我自己就是一个活生生的例子。如果"机遇"不垂青，我至今恐怕还是一个识字不多的贫农，也许早已离开了世界。我不是"王半仙"或"张铁嘴"，我不会算卦、相面，我不想来解释这一个"机遇"问题，那是超出我的能力的事。

对我影响最大的几本书

我是一个最枯燥乏味的人，枯燥到什么嗜好都没有。我自比是一棵只有枝干并无绿叶更无花朵的树。

如果读书也能算是一个嗜好的话，我的唯一嗜好就是读书。

我读的书可谓多而杂，经史子集都涉猎过一点，但极肤浅。小学、中学阶段，最爱读的是“闲书”，比如《彭公案》《施公案》《济公传》《三侠五义》《小五义》《东周列国志》《说岳》《说唐》等，读得如醉似痴。《红楼梦》等古典小说是以后才读的。读这样的书是好是坏呢？从我叔父眼中来看，是坏。但是，我却认为是好，至少在写作方面是有帮助的。

至于哪几部书对我影响最大，几十年来我一贯认为是两位大师的著作：在德国是海因里希·吕德斯，我老师的老师；在中国是陈寅恪先生。两个人都是考据大师，方法缜密到神奇的程度。从中也可以看出我个人兴趣之所在。我禀性板滞，不喜欢玄之又玄的哲学。我喜欢能摸得着看得见的东西，而考据正合吾意。

吕德斯是世界公认的梵学大师，研究范围颇广，对印度古代碑铭有独到深入的研究。印度每有新碑铭发现而又无法读通时，大家就说："到德国找吕德斯去！"可见吕德斯权威之高。印度两大史诗之一的《摩诃婆罗多》从核心部分起，滚雪球似的一直滚到后来成型的大书，其间共经历了七八百年。谁都知道其中有不少层次，但没有一个人说得清楚。弄清层次问题的又是吕德斯。在佛教研究方面，他主张有一个"原始佛典"（Urkanon），是用古代半摩揭陀语写成的。我个人认为这是千真万确的事；欧美一些学者不同意，却又拿不出半点可信的证据。吕德斯著作极多，中短篇论文集为一书《古代印度语文论丛》。这是我一生受影响最大的著作之一。这书对别人来说，可能是极为枯燥的；但是，对我来说却是一本极为有味、极有灵感的书，读之如饮醍醐。

在中国，影响我最大的书是陈寅恪先生的著作，特别是《寒柳堂集》《金明馆丛稿》。寅恪先生的考据方法同吕德斯先生基本上是一致的。不说空话，无证不信。两人有异曲同工之妙。我常想，寅恪先生从一个不大的切入口切入，如剥春笋，每剥一层，都是信而有征，让你非跟着他走不行，剥到最后，露出核心，也就是得到结论，让你恍然大悟：原来如此，你没有法子不信服。寅恪先生考证不避琐细，但决不是为考证而考证，小中见大，其中往往含着极大的问题。比如，他考证杨玉环是否以处女入宫。这个问题确极猥琐，不登大雅之堂。焉知寅恪先生是想研究李唐皇族的家风。寅恪先生是从看似细微的问题入手，探讨民族问题和文化问题，由小及大，使自己的立论坚实可靠。

在一次闲谈时，寅恪先生问我《梁高僧传》卷九《佛图澄传》中载有铃铛的声音“秀支替戾冈，僕谷劬秃当”是哪一种语言？原文说是偈语，不知何所指？我到今天也回答不出来。由此可见寅恪先生读书之细心，注意之广泛。他学风谨严，在他的著作中到处可以给人以启发。读他的文章，简直是一种最高的享受。读到兴会淋漓时，真想浮一大白。

中德这两位大师有师徒关系，寅恪先生曾受学于吕德斯先生。这两位大师又同受战争之害。吕德斯生平致力于 Ud navarga 之研究，几十年来批注不断。二战时手稿被毁。寅恪师生平致力于读《世说新语》，几十年来眉注累累。日寇入侵，逃往云南，此书丢失于越南。假如这两部书能流传下来，对梵学、国学将是无比重要之贡献。然而先后毁失，为之奈何！

1999 年 7 月 30 日

藏书与读书

有一个平凡的真理，直到耄耋之年，我才顿悟：中国是世界上最喜藏书和读书的国家。

什么叫书？我没有能力，也不愿意去下定义。我们姑且从孔老夫子谈起吧。他老人家读《易》，至于韦编三绝，可见用力之勤。当时还没有纸，文章是用漆写在竹简上面的，竹简用皮条拴起来，就成了书。翻起来很不方便，读起来也有困难。我国古时有一句话，叫作“学富五车”，说一个人肚子里有五车书，可见学问之大。这指的是用纸做成的书，如果是竹简，则五车也装不了多少部书。

后来发明了纸。这一来写书方便多了；但是还没有发明印刷术，藏书和读书都要用手抄，这当然也不容易。如果一个人抄的话，一辈子也抄不了多少书。可是这丝毫也阻挡不住藏书和读书者的热情。我们古籍中不知有多少藏书和读书的故事，也可以叫作佳话。我们浩如烟海的古籍，以及古籍中所寄托的文化之所以能够流传下来，历千年而不衰，我们不能不感谢这些爱藏书和读书的先民。

后来我们又发明了印刷术。有了纸，又能印刷，书籍流传方便多了。从这时起，古籍中关于藏书和读书的佳话，更多了起来。宋版、元版、明版的书籍被视为珍品。历代都有一些藏书家，什么绛云楼、天一阁、铁琴铜剑楼、海源阁等等，说也说不完。有的已经消失，有的至今仍在，为我们新社会的建设服务。我们不能不感激这些藏书的祖先。

至于专门读书的人，历代记载更多。也还有一些关于读书的佳话，什么囊萤映雪之类。有人做过试验，无论萤和雪都不能亮到让人能读书的程度，然而在这一则佳话中所蕴含的鼓励人们读书的热情则是大家都能感觉到的。还有一些鼓励人读书的话和描绘读书乐趣的诗句。“书中自有颜如玉”之类的话，是大家都熟悉的，说这种话的人的“活思想”是非常不高明的，不会得到大多数人的赞赏。至于“四时读书乐”一类的诗，也是大家所熟悉的。可惜我童而习之，至今老朽昏聩，只记住了一句“绿满窗前草不除”，这样的读书情趣也是颇能令人向往的。此外如“红袖添香夜读书”之类的读书情趣，代表另一种趣味。据鲁迅先生说，连大学问家刘半农也向往，可见确有动人之处了。“雪夜闭门读禁书”代表的情趣又自不同，又是“雪夜”，又是“闭门”，又是“禁书”，不是也颇有人向往吗？

这样藏书和读书的风气，其他国家不能说一点没有；但是据浅见所及，实在是远远不能同我国相比。因此我才悟出了“中国是世界上最爱藏书和读书的国家”这一条简明而意义深远的真理。中国古代光辉灿烂的文化有极大一部分是通过书籍传流下来的。到了今天，我们全体炎黄子孙如何对待这个问题，实际上是每个人都回避不掉的。我们必须认真继承这个在世界上比较突出的优秀传统，要读书，读好书。只有这样，我们才能上无愧于先民，下造福于子孙万代。

1991年7月5日

《西游记》与《罗摩衍那》
——读书札记

正在翻译《罗摩衍那》第六篇《战斗篇》，读到下面这几首诗：

罗怙后裔发怒火，
胳膊粗壮勇罗摩；
猛将利刃置弦上，
力同毒蛇差不多；
砍中罗波那头颅，
连同耳环都砍落。

（6.96.20）

魔王头颅被抛出，
三界人神共目睹；
头颅滚落大地上，

颈上又长一头颅。

（6.96.21）

罗摩双手灵且巧，
做事迅速又利落；
又在阵前射飞箭，
射中魔头第二个。

（6.96.22）

头颅刚刚被射断，
另一头颅又出现；
即使罗摩射飞箭，
疾飞迅驶如闪电。

（6.96.23）

如此射掉一百个，
头颅个个差不多；
罗波那仍未死去，
依旧健壮又快活。

（6.96.24）

这使我立刻想到《西游记》第61回：猪八戒助力败魔王，孙行者三调芭蕉扇。讲的是孙行者同牛魔王厮杀，玉帝派托塔李天王携哪吒太子来援：

这太子即喝一声“变”！变作三头六臂，飞身跳在牛王背上，使斩妖剑望颈项上一挥，不觉得把个牛头斩下。天王收刀，却才与行者相见。那牛王腔子里又钻出一个头来，口吐黑气，眼放金光。被哪吒又砍一剑，头落处，又钻出一个头来。一连砍了十数剑，随即长出十数个头。

一眼就可以看出，这两个故事几乎完全一样。唯一的差别就是罗波那被罗摩砍掉一百个头，最后罗摩用大梵天钦赐法宝打中魔王，魔王倒毙阵前。而牛魔王则在被砍掉十数个头以后，虔心向善，改邪归正。这两个故事之间有什么关系呢？这个故事不那么复杂，独立产生的可能是存在的。但是，我仍然同以前一样倾向于认定其中有渊源关系。《西游记》这部长篇小说本身受到印度民间文学强烈的影响，这一点是没有人否认的。我一直到今天还不明白，为什么孙行者就不能是《罗摩衍那》中神猴哈奴曼的化身？简而言之，我认为中国的牛魔王是印度罗刹王罗波那的一部分在中国的化身。

1981年9月

从宏观上看中国文化

最近几年，在全国范围内，掀起了一股“文化热”的高潮。这是完全可以理解的。我们国家的社会主义建设发展到了今天这个地步，在接受几十年来的经验和教训的基础上，大家都认识到，文化建设的任务已经提到议事日程上来了。我想大家都会同意，人类历史上任何社会，都不能专靠科技来支撑，物质文明与精神文明需同步建设。我们今天的社会也决不能是例外。

在众多的讨论中国传统文化与现代化问题的论文和专著中，有很多很精彩的具有独创性的意见。我从中学习了不少的非常有用的东西。我在这里不详细去叙述。我只有一个感觉，这就是，讨论中国文化，往往就眼前论眼前，从几千年的历史上进行细致深刻的探讨不够，从全世界范围内进行最广阔的宏观探讨更不够。我个人觉得，探讨中国文化问题，不能只局限于我们生活于其中的这几十年、近百年，也不能局限于我们居住于其中的960万平方公里。我们必须上下数千年，纵横数万里，目光远大，胸襟开阔，才能更清楚地看到问题的全貌，而不至于陷入井蛙的地步，不能自拔。总之，我们要从历史上和地理上扩大我们的视野，才能探骊得珠。

我们眼前的情况怎样呢？从 19 世纪末叶以来，我们就走了西化的道路。当然，西化的开始还可以更往前追溯，一直追溯到明末清初。但那时规模极小，也没有向西方学习的意识，所以我不采取那个说法，只说从 19 世纪末叶开始。从中国社会发展的需要来看，从全世界文化交流的规律来看，这都是不可避免的。近几百年以来，西方文化，也就是资本主义文化，垄断了世界。资本主义统一世界市场的形成，把世界上一切国家都或先或后地吸收过去。这影响表现在各个方面。不但在政治、经济方面到处都打上了西方的印记，在文学方面也形成了“世界文学”，从文学创作的形式上统一了全世界。在科学、技术、哲学、艺术等等方面，莫不皆然。中国从前清末叶到现在，中间经历了许多惊涛骇浪，帝国统治、辛亥革命、洪宪窃国、军阀混战、国民党统治、抗日战争、解放战争，一直到中华人民共和国建立后的社会主义初级阶段，我们西化的程度日趋深入。到了今天，我们的衣、食、住、行，从头到脚，从里到外，试问哪一件没有西化？我们中国固有的东西究竟还留下了多少？我看，除了我们的一部分思想感情以外，我们真可以说是“全盘西化”了。

我并不认为这是一件坏事。我认为，这是一件天大的好事。无论如何，这是一件不可抗御的事。我一不发思古之幽情，二不想效法九斤老太；对中国自然经济的遭到破坏，对中国小手工业生产方式的消失，我并不如丧考妣，惶惶不可终日。我认为，有几千年古老文明的中国，如果还想存在下去，就必须跟上世界潮流，决不能让时代潮流甩在后面。这一点，我想是绝大多数的中国有识之士所共同承认的。

但是，事情还有它的另外一面，它也带来了不良后果。这最突出地表现在一些人的心理上。在解放前，侨居上海的帝国主义者在公园里竖上木牌，上面写着："华人与狗不许入内。"这是外来的侵略者对我们中华民族的污辱。这是容易理解的。但是，解放以后，我们号称已经站起来了，然而崇洋媚外的心理并未消失。古已有之，于今为烈。这是十分令人痛心的事。50年代曾批判过一阵这种思想，好像也并没有收到预期的效果。到了十年浩劫，以"四人帮"为首的一帮人，批崇洋媚外，调门最高，态度最"积极"。在国外读过书的知识分子，几乎都被戴上了这顶帽子。然而，实际上真正崇洋媚外的正是"四人帮"及其爪牙自己。现在，"四人帮"垮台已经十多年了，社会上崇洋媚外的风气，有增无减。有时简直令人感到，此风已经病入膏肓。贾桂似的人物到处可见。多么爱国的人士也无法否认这一点。有识之士惄然忧之。这种接近变态的媚外心理，我无论如何也难以理解。凡是外国的东西都好，凡是外国人都值得尊敬，这是一种反常的心理状态。中国烹调享誉世界。有一些外国食品本来并不怎么样；但是，一旦标明是舶来品，立即声价十倍，某一些味觉顿经改造的人们，蜂拥而至，争先恐后。连一些外国朋友都大惑不解，只有频频摇头。

在这样的情况下，要来谈中国文化，真正是戛戛乎难矣哉。在严重地甚至病态地贬低自己文化的氛围中，人们有意无意地抬高西方文化，认为自己一无是处，只有外来的和尚才会念经。这样怎么能够客观而公允地评价中国文化呢？我的意思并不是要说，要评价中国文化，就必须贬低西方文化。西方文化确有它的优越之处。19世纪后半叶，中国人之所以努力学习西方，是震于西方的船坚炮利。在以后的将近一百年中，我们逐渐发现，西方不仅是船坚炮利，在精神文明和物质文明方面，他们都有许多令人惊异的东西。想振兴中华，必须学习西方，这是毫无疑问的。20年代，就有人提出了“全盘西化”的口号。今天还有不少人有这种提法或者类似的提法。我觉得，提这个口号的人动机是不完全一样的。有的人出于忧国忧民的热忱，其用心良苦，我自谓能充分理解。但也可能有人别有用心。这问题我在这里不详细讨论。我只想指出，人类历史证明，全盘西化（或者任何什么化）理论上讲不通，事实上办不到。但这并不影响我们向西方学习。我们必须向西方学习，今天要学习，明天仍然要学习，这是决不能改变的。如果我们固步自封，回到老祖宗走过的道路上去，那将是非常危险的。

但是，我始终认为，评价中国文化，探讨向西方文化学习这样的大问题，正如我在上面已经讲过的那样，必须把眼光放远，必须把全人类的历史发展放在眼中，更必须特别重视人类文化交流的历史。只有这样，才能做到公允和客观。我是主张人类文化产生多元论的。人类文化决不是哪一个国家或民族单独创造出来的。法西斯分子有过这种论调，他们是别有用心的。从人类几千年的历史来看，民族和国家，不论大小，都或多或少地对人类文化宝库做出了自己的贡献。这恐怕是一个历史事实，是无法否认掉的。同样不可否认的事实是，每一个民族或国家的贡献又不完全一样。有的民族或国家的文化对周围的民族或国家产生了比较大的影响，积之既久，形成了一个文化圈或文化体系。根据我个人的看法，人类自从有历史以来，总共形成了四个大文化圈：古希腊、罗马一直到近代欧美的文化圈、从古希伯来起一直到伊斯兰国家的闪族文化圈、印度文化圈和中国文化圈。在这四个文化圈内各有一个主导的、影响大的文化，同时各个民族或国家又是互相学习的。在各个文化圈之间也是一个互相学习的关系。这种相互学习就是我们平常所说的文化交流。我们可以毫不夸大地说，文化交流促进了人类文化的发展，推动了社会前进。

倘若我们从更大的宏观上来探讨，我们就能发现，这四个文化圈又可以分为两大文化体系：第一个文化圈构成了西方大文化体系；第二、三、四个文化圈构成了东方大文化体系。“东方”在这里既是地理概念，又是政治概念，即所谓第三世界。这两大文化体系之间的关系也是互相学习的关系。仅就目前来看，统治世界的是西方文化。但是从历史上来看，二者的关系是三十年河东，三十年河西。

人类历史上曾出现过许多文化，欧洲史学家早有这个观点，最著名的代表是英国历史学家汤因比。他在他的巨著《历史研究》里（索麦维尔节录，曹未风等译，上、中、下三册，上海人民出版社，1986 年第 5 次印刷），从世界历史全局出发，共发现了 21 个或 23 个文化（汤因比称之为社会或者文明）：西方社会、东正教社会（又可以分为拜占庭和俄罗斯两个东正教）、伊朗社会、阿拉伯社会、印度社会、远东社会（又可以分为中国和朝鲜、日本两部分）、古希腊社会、叙利亚社会、古印度社会、古代中国社会、米诺斯社会、印度河流域社会、苏末社会、赫梯社会、巴比伦社会、埃及社会、安第斯社会、墨西哥社会、尤卡坦社会、马雅社会、黄河流域古代中国文明以前的商代社会（见原书上册，页 43）。

汤因比明确反对只有一个社会——西方社会这一种文明统一的理论。他认为这是“误入歧途”，是一个“错误”。虽然世界各地的经济和政治的面貌都已经西化了，其他的社会（文明）大体上仍然维持着本来的面目。文明的河流不止西方这一条（见原书上册，页 45—48）。

汤因比在本书的许多地方，另外在自己其他著作，比如《文明经受着考验》（沈辉等译，1988 年第一版，浙江人民出版社）中，提出了一个观点：文明发展有四步骤：起源、生长、衰落、解体。在《文明经受着考验》页 10—11，他提到了德国学者斯宾格勒的名著《西方的沉落》，对此书给了很高的评价，也提到了斯宾格勒思想方法的局限性。在《历史研究》的结尾处，页 429—430，他写道：

当作者进行他的广泛研究时发现他所搜集到的各种文明大多数显然已经是死亡了的时候，他不得不作出这样的推论：死亡确是每个文明所面对着的一种可能性，作者本身所隶属的文明也不例外。

他对每一个文明都不能万岁的看法是再明确不过的了。

了解了我在上面谈到的这些情况，现在再来看中国文化，我们的眼光就比以前开阔多了。在过去相当长的历史时期内，中国文化对世界文化的发展产生了影响，这是我们的骄傲，这也是一个历史事实。汤因比对此也有所论述，他对中国过去的文化有很好的评价。但是，到了后来，我们为什么忽然不行了呢？为什么现在竟会出现这样崇洋媚外的思想呢？为什么西方某一些人士也瞧不起我们呢？我觉得，在这里，我们自己和西方一些人士，都缺少历史的眼光。我们自己应该避免两个极端：一不能躺在光荣的历史上，成为今天的阿 Q；二不能只看目前的情况，成为今天的贾桂。西方人应该力避一个极端，认为中国什么都不行，自己什么都行，自己是天之骄子，从开天辟地以来就是如此，将来也会永远如此。

那么，我们应该怎么办呢？我们东西双方都要从历史和地理两个方面的宏观上来看待中国文化，决不能囿于成见，鼠目寸光，只见片段，不见全体；只看现在，不看过去，也不看未来。中国文化，在西方人士眼中，并非只有一个看法，只有一种评价。汉唐盛世我不去讲它了，只谈十六七世纪以后的情况，也就能给我们许多启发。这一段时间，在中国是从明末到清初，在欧洲约略相当于所谓“启蒙时期”。在这期间，中国一方面开始向西方学习；另一方面，中国的文化也大量西传。关于这个问题，中西双方都有大量的记载，我没有可能，也没有必要一一加以征引。方豪在他的《中西交通史》（华冈出版有限公司，1977年第6版，第5册，《明清之际中西文化交流史》下）中有比较详细而扼要的介绍。我在下面利用他的资料介绍一下在这期间中国文化流向西方的情况。

中国经籍之西传

四书、五经在中国历史上有至高无上的权威。如果中国经籍西传，首当其冲的理所当然地就是这些书。明朝万历二十一年（1593年），利玛窦将四书译为拉丁文，寄还本国。天启六年（1626年），比人金尼阁将五经译为拉丁文，在杭州刊印。到了清朝，殷铎泽与郭纳爵合译《大学》为拉丁文，康熙元年（1662年）刻于建昌。殷氏又将《中庸》译为拉丁文，于康熙六年（1667年）和康熙八年（1669年）分别刻于广州及印度果阿。《论语》之最早译本亦出殷、郭二人之手，亦为拉丁文。康熙二十年（1681年），比教士柏应理返回欧洲。康熙二十六年（1687年）在巴黎发刊其著作《中国之哲学家孔子》。中文标题虽为《西文四书解》，但未译《孟子》，名实实不相符。康熙二十六年（1687年），奥国教士白乃心用意大利文写的《中国杂记》出版。康熙五十年（1711年），布拉格大学图书馆出版卫方济用拉丁文翻译的四书及《孝经》《幼学》，1783年至1786年译为法文。卫氏又以拉丁文著《中国哲学》，与上书同时同地刊出。白晋著有拉丁文《易经大意》，未刊。康熙四十年（1701年），白晋自北京致书德国大哲学家莱勃尼兹，讨论中国哲学及礼俗。现在梵蒂冈图书馆中尚藏有西士研究《易经》之华文稿本十四种，宋君荣曾译《书经》，刘应译《礼记》的一部分。康熙末年，马若瑟节译《书经》《诗经》。康熙四十六年（1707年），马若瑟自建昌府致函欧洲，讨论儒教。雷孝思参加绘制《皇朝一统舆地全图》，对中国古籍亦有研究。傅圣泽有《道德经评注》，为拉丁文及法文合译稿本。他又用法文译《诗经》。赫苍璧于康熙四十年（1701年）来华，亦曾从事翻译《诗经》。

到了雍正乾隆年间，中籍西译继续进行。宋君荣所译之《书经》于乾隆三十五年（1770年）刊于巴黎。他还研究中国经籍之训诂问题。孙璋为后期来华耶稣会神父中最精通汉学者。他所译拉丁文《诗经》附有注解。他又译有《礼记》，稿成未刊。蒋友仁制作圆明园中的喷水池，为人所艳称。他又深通汉籍，用拉丁文译有《书经》《孟子》等书。乾隆时有一个叫钱德明的人，精通满汉文，译有《盛京赋》，并研究我国古乐及石鼓文等，他是西人中最早研究我国苗族及兵学者。乾隆四十年（1775年）在北京著《华民古远考》，列举《易经》《诗经》《书经》《春秋》及《史记》为证。乾隆四十九年（1784年），又在北京刊印《孔子传》，为钱氏著作中之最佳者。此外，他还有《孔门弟子传略》，以乾隆四十九年（1784 年）或次年刊于北京。韩国英译有《大学》及《中庸》，又著有《记中国人之孝道》。韩氏可能是 19 世纪前西人研究我国经籍的最后一人。他的本行是生物学。

从明末到乾隆年间，中国经籍之西传，情况大体如上。既然传了过去，必然产生影响。有的影响竟与热心翻译中国经书之耶稣会神父的初衷截然相违。我在下面介绍方豪一段话：

> 介绍中国思想至欧洲者，原为耶稣会士，本在说明彼等发现一最易接受“福音”之园地，以鼓励教士前来中国，并为劝导教徒多为中国教会捐款。不意儒家经书中原理，竟为欧洲哲家取为反对教会之资料。而若辈所介绍之中国康熙年间之安定局面，使同时期欧洲动荡之政局，相形之下，大见逊色；欧洲人竟以为中国人乃一纯粹有德性之民族，中国成为若辈理想国家，孔子成为欧洲思想界之偶像。（五，页 197）

中国俗话说：“搬起石头砸自己的脚”，颇与此相类了。

受中国经籍影响的，以法、德两国的哲学家为主，英国稍逊。举其荦荦大者，则有法国大哲学家笛卡尔等。法国百科全书派也深受中国思想之影响。在德国方面，启蒙时期的大哲学家斯宾诺莎、莱勃尼兹等，都直接受到了笛卡尔的影响，间接受到中国影响。康德认为，斯宾诺莎的泛神论完全受的是老子的影响。莱勃尼兹 21 岁就受到中国影响。后与闵明我、白晋订交，直接接受中国思想。1697 年，莱氏的拉丁文著作《中国近事》出版。他在书中说："在实践哲学方面，欧洲人实不如中国人。"有人认为，康德的哲学也受了中国哲学的影响，特别宋儒理学。

中国经籍西传，不但影响了欧洲哲学，而且也影响了欧洲政治。在德国，莱勃尼兹与华尔弗利用中国哲学推动了德国的精神革命。在法国，思想家们则认为中国哲学为无神论、唯物论与自然主义。这三者实为法国大革命之哲学基础。百科全书派全力推动革命的发展。法国大革命实质上是反宗教之哲学革命。法国的启蒙运动，也是以反宗教为开端。形成这种反宗教的气氛者，归根结蒂是中国思想传播的结果。法国大革命前夕，中国趣味在法国以及整个欧洲广泛流行。宫廷与贵族社会为中国趣味所垄断。而宫廷与贵族又是左右法国政治的集团。则中国趣味对法国政治之影响，概可想见了。

百科全书派把反宗教和鼓吹革命的思想注入所撰写的百科全书中。他们与中国文化有深刻的接触。但因认识中国之渠道不同，对中国的意见也有分歧。孟德斯鸠与卢梭谈的多是欧洲旅客的游记等，对中国遂多有鄙薄之论。荷尔巴旭、服尔德、波勿尔、魁斯奈等等，所读多是耶稣会士之报告或书札，对中国文化多有钦慕之意。孟德斯鸠著《法意》第一卷第一章，给法律下定义，提出"万物自然之理"，主张"有理斯有法"，完全是宋儒思想。服尔德七岁即在耶稣会士主办的学校中受教育，对中国文化无条件地赞赏，在自己的小礼拜堂中，供孔子画像，朝夕礼拜。他认为，孔子所说："仅为极纯粹之道德，不谈奇迹，不涉玄虚。"他说："人类智慧不能获得较中国政治更优良之政治组织。"又说："中国为世界最公正最仁爱之民族。"他还根据《赵氏孤儿》写了一部《中国孤儿》。第德洛对中国有批评意见，但认为中国文化在各民族之上。卢梭承认中国为文明最高古国，但他认为文明并非幸福之表记，中国虽文明，而不免为异族所侵凌，他是"文明否定论者"。中国思想除了影响了上述的哲学家之外，还影响了所谓政治经济学上的"重农学派"。这一学派以自然法代替上帝的功能。他们倡导"中国化"，不遗余力，甚至影响了国王路易十五。英国经济学家亚当·斯密受了法国思想家的影响，在《原富》一书中应用中国材料颇多。

在德国，中国影响同样显著。大文豪歌德是一个突出的代表。哲学家也深受中国思想影响。莱勃尼兹、斯宾诺莎，上面已经谈到。其他哲学家，康德、菲希特、谢林、黑格尔等，都受了莱勃尼兹的影响，也可以说，间接受了中国影响。叔本华哲学中除了有印度成分外，也受了朱子的影响。

中国美术之西传

随着中国哲学思想之西传，中国美术也传入欧洲。欧洲美术史上的罗柯柯时代约始于1760年，即乾隆二十五年，至18世纪末而未衰。此时中国美术传入，产生了显著影响。在绘画上重清淡之色彩。在建筑上力避锐角方隅，多用圆角。在文学上则盛行精致的小品。在哲学上采用模棱两可的名词。这与流行于当时的“中国趣味”或“中国风”是分不开的。

中国情趣表现在许多方面，首先是在园林布置方面。欧洲人认为，中国园艺兼有英、法二国之长。他们说，中国园艺匠心独运，崇尚自然，不像欧洲那样整齐呆板。于是中国式的庭园一时流行于欧洲各国，法国、英国、德国等地都出现了中国庭园的模仿物，遗迹至今尚能见到。

中国绘画也传入欧洲，主要是中国的山水画和人物画，在瓷器上表现最为突出。有一些画家也作有中国情趣的绘画，比如孤岛帆影、绿野长桥之类。据说凡高也学过中国泼墨画。

除了绘画之外，中国用具也流行欧洲。轿顶围的质料与颜色，受到中国影响。中国扇子、镜子传入欧洲。17世纪后半，法国能制绸。中国瓷器西传，更不在话下。同时中国瓷器也受到西洋影响。

明末至清朝乾隆年间中国经籍和美术西传的情况大体上就是这个样子。

我现在举一个说明西方人如何看待中国文化的具体的例子。我想举德国最伟大的诗人歌德，他的一生跨越18、19两个世纪，是非常关键的时期。他在1827年1月31日同爱克曼谈话时说道：

（中国传奇）并不像人们所猜想的那样奇怪。中国人在思想、行为和感情方面几乎和我们一样，使我们很快就感到他们是我们的同类人，只是在他们那里一切都比我们这里更明朗，更纯洁，也更合乎道德。在他们那里，一切都是可以理解的，平易近人的，没有强烈的情欲和飞腾动荡的诗兴……他们还有一个特点，人和大自然是生活在一起的。你经常听到金鱼在池子里跳跃，鸟儿在枝头歌唱不停，白天总是阳光灿烂，夜晚也总是月白风清。月亮是经常谈到的，只是月亮不改变自然风景，它和太阳一样明亮……还有许多典故都涉及道德和礼仪。正是这种在一切方面保持严格的节制，使得中国维持到几千年之久，而且还会长存下去。（《歌德谈话录》，朱光潜译，人民文学出版社，1978 年，页 112）

这是歌德晚年说的话，他死于 1832 年。他死后没有过多少年，欧洲对中国的调子就逐渐改变了。据我个人多年的观察与思考，这与发生在 1840 年的鸦片战争有关。在这以前，中国这个天朝大国，虽然已经有点破绽百出，但仍然摆出一副纸老虎的架势，吓唬别人，欺骗自己。鸦片战争一下子把这只纸老虎戳破，真相暴露于光天化日之下。西方对中国的政治、经济，进而对中国文化逐渐贬低起来。他们没有历史观点，以为从来就是这个样子，中国从来就没有好过。他们自己的老祖宗所说的一些话和所做的一些事，他们也忘了个一干二净。随着他们科学技术的发展，政治、经济的发展，环顾海内，唯我独尊，气焰万丈了。

第一次世界大战给他们敲了一下警钟。他们之中的有识之士开始反思。于是出了像斯宾格勒《西方的沉落》这样发人深思的书，可惜好景不长。到了 20 年代末 30 年代初，法西斯思潮抬头，把西方文化，特别是所谓“北方”文化捧上了天，把其他文化贬得一文不值。中国人在法西斯分子眼中成了劣等民族，更谈不到什么欣赏中国文化了。不久就爆发了第二次世界大战，比第一次大战还要残酷，还要野蛮。这又一次给西方敲了警钟。西方有识之士又一次反思，汤因比可以做为代表。预言已久的第三次世界大战，始终没有爆发。虽然在全球范围内大大小小的战争从未停止过，大家总算是能够和平共处了。到了今天，人类共同的公害，比如人口问题、粮食问题、污染问题、土地问题等等，一个个被认识得越来越清楚。两个超级大国似乎也认识到，靠武力征服世界的美梦是不现实的，他们似乎也愿意和平共处了。在这样的情况下，人们要怎样来认识西方文明，怎样来认识东方文明——中国文明，怎样来认识文化交流，就非常值得我们注意了。

我在上面提到的英国历史学家汤因比，对中国文化和中国未来的作用有自己的看法。在同日本宗教活动家池田大作的谈话中（见《展望二十一世纪——汤因比与池田大作对话录》，荀春生、朱继征、陈国梁译，国际文化出版公司，北京，1985 年），他详细阐述了自己的看法。为了把他的观点介绍得明确而翔实起见，我想在这里多引用他的一些话。汤因比说：

因此按我的设想，全人类发展到形成单一社会之时，可能就是实现世界统一之日。在原子能时代的今天，这种统一靠武力征服——过去把地球上的广大部分统一起来的传统方法——已经难以做到。同时，我所预见的和平统一，一定是以地理和文化主轴为中心，不断结晶扩大起来的。我预感到这个主轴不在美国、欧洲和苏联，而是在东亚。

由中国、日本、朝鲜、越南组成的东亚，拥有众多的人口。这些民族的活力、勤奋、勇气、聪明，比世界上任何民族都毫无逊色。无论从地理上看，从具有中国文化和佛教这一共同遗产来看，或者从对外来近代西欧文明不得不妥协这一共同课题来看，他们都是联结在一条纽带上的。并且就中国人来说，几千年来，比世界任何民族都成功地把几亿民众，从政治文化上团结起来。他们显示出这种在政治、文化上统一的本领，具有无与伦比的成功经验。这样的统一正是今天世界的绝对要求。中国人和东亚各民族合作，在被人们认为是不可缺少和不可避免的人类统一的过程中，可能要发挥主导作用，其理由就在这里。

如果我的推测没有错误，估计世界的统一将在和平中实现。这正是原子能时代唯一可行的道路。但是，虽说是中华民族，也并不是在任何时代都是和平的。战国时代和古代希腊以及近代欧洲一样，也有过分裂和抗争。然而到汉朝以后，就放弃了战国时代的好战精神。汉朝的开国皇帝刘邦重新完成中国的统一是远在纪元前二〇二年。在这以前，秦始皇的政治统一是靠武力完成的。因此在他死后出现了地方的国家主义复辟这样的反动。汉朝刘邦把中国人的民族感情的平衡，从地方分权主义持久地引向了世界主义。和秦始皇带有蛊惑和专制性的言行相反，他巧妙地运用处世才能完成了这项事业。

将来统一世界的人，就要像中国这位第二个取得更大成功的统一者一样，要具有世界主义思想。同时也要有达到最终目的所需的干练才能。世界统一是避免人类集体自杀之路。在这点上，现在各民族中具有最充分准备的，是两千年来培育了独特思维方法的中华民族。不是在半个旧大陆，而是在人们能够居住或交往的整个地球，必定要实现统一的未来政治家的原始楷模是汉朝的刘邦。这样的政治家是中国人？日本人？还是越南人？或者朝鲜人？

池田说：

从两千年来保持统一的历史经验来看，中国有资格成为实现统一世界的新主轴。您这一说法，在考虑今后世界问题时，具有极为重要的启示。（页 294—295）

这两位著名的国际活动家，主要是从历史上和政治上谈论了中国的和世界的未来，其中也涉及文化。他们的意见，我觉得非常值得注意。至于我自己是否完全同意他们的意见，那是一个次要的问题。重要的是，在目前我们国内有那么一小撮人，声嘶力竭地想贬低中国，贬低中国文化，贬低中国的一切，在这样的时候，有像汤因比这样的通晓世界历史发展规律的大学者，说出了这样的意见，至少可以使这些人头脑清醒一下。你不是说月亮是外国的圆吗？你们中间不是有人竟认为中国连月亮都没有吗？现在有外国人来说，中国有月亮，中国的月亮也是圆的，而且圆得更美妙了。这一小撮人不是应该好好地反思一下吗？这一些人也许根本不知道汤因比是何许人。但那没有关系。他们最怕外国人，反正汤因比是外国人，这一点是错不了的。对这些人来说，这一点也就够了。我决非听了外国人说中国月亮圆而飘飘然忘乎所以，把久已垂下的尾巴又翘了起来。中国的月亮也有阴晴圆缺，并不总是亮而圆的。但这是另一个问题。我们目前当务之急是全面地、实事求是地从最大的宏观上来考虑中国文化在世界上已经起过的作用和将来能够起的作用。在这样的时刻，兼听则明，汤因比和池田大作的意见是值得我们深思的。

对于人类文明前途的问题，我也曾胡思乱想过一些。我现在想从哲学上或者思想方法上来谈一谈我的想法。西方哲学或者思想方法是分析的，而东方的则是综合的。这两种方法异曲同工，各臻其妙。这已几乎是老生常谈，没有不同的看法。但是，对于分析的前途则恐怕是仁者见仁，智者见智。首先一个问题是：能不能永恒地分析下去？庄子说："一尺之棰，日取其半，万世不竭。"从理论上和逻辑上来讲，这是毫无问题的。但是，对具体的东西的分析，比如说对原子的分析，能不能越分越细，一至万世不竭呢？西方的自然科学走的就是分析的道路。一直到今天，这一条路是走得通的。现在世界上的物质文明就来源于此。这是事实，不容否认。但是，这一条路是否能永远走下去呢？在这里有两种意见：一种认为可以永远走下去，越分析越小，但永不能穷尽。一种认为不行，分析是有尽头的。我自己赞同后一种意见。至于我为什么赞同后者，我认为，这不是一个理论问题，而是一个实践问题。我自己解释不了，我也不相信别人的解释。只有等将来的实践来解答了。

我觉得，目前西方的分析已经走得够远了。虽然还不能说已经到了尽头，但是已经露出了强弩之末的端倪。照目前这样子不断地再分析下去，总有一天会走到分析的尽头。那么怎么办呢？我在上面已经说过，东西两大文化体系的关系从几千年的历史上来看是三十年河东，三十年河西。现在球已经快踢到东方文化的场地上来了。东方的综合可以济西方分析之穷，这就是我的信念。至于济之之方究竟如何，有待于事物（其中包含自然科学）的发展来提供了。

我从宏观上看中国文化，结果就是这样。希望有识之士共同来讨论。

1989年10月25日写完

比较文学之我见

比较文学已经成为世界显学，在中国也正是方兴未艾，呈现出一派朝气蓬勃的气象。

然而，若干年前，外国学者有的已经发出了比较文学有了危机的呼声。我作为比较文学的一个老兵——不，毋宁说是一个老拉拉队员——对此颇感到吃惊。我于此道是兴趣大，本领小，虽然写了一些东西，但自谓无大建树。对这个危机声，也没有过细地去推敲研究，只不过是“只等秋风过耳边”而已。

可是，最近中国方面也有人扬起了比较文学危机的呼声。这就促使我不能不认真对待这个问题了。我没有多少时间去阅读这方面的文章，也没有认真去推究这个呼声的根据，只是自己闭门造起车来，至于出而合辙与否，我根本没有考虑。我感觉到，这样的呼声不是没有根据的。前一些时候，我在北京市比较文学学会成立大会上发言时，忽然灵机一动，即景生情，讲了几点意见。内容大体上是：我劝年轻的比较文学者把比较文学这一门学科看得难一点，更难一点；越看得难，就越有好处。我无意哗众取宠，故意发出骇人听闻之论。这个灵机一动，也是有根源的。我读了大量的比较文学论文之后，确实感到其中是有问题的；严重一点说就是，其中确有危机。

危机何在呢？现在不少作者喜欢中外文学家的比较。在中国选一个大作家，比如屈原、李白、杜甫、关汉卿、曹雪芹、鲁迅等等。又在外国选一个大作家，比如荷马、但丁、莎士比亚、歌德、托尔斯泰等等。选的标准据说是有的，但是我辈凡人很难看出。一旦选定，他们就比开，比开。文章有时还写得挺长，而且不缺乏崭新的名词、术语。但是结果呢？却并不高明，我不说别人，只讲自己。我自己往往如坠入五里雾中，摸不着边际，总觉得文章没有搔着痒处，写了犹如不写。比较文学真好像有无限的可比性。可比性而到了无限的程度，这就等于不比。这样一来，比较文学的论文一篇篇地出，而比较文学亡。

我觉得，这就是我在北京市比较文学学会成立大会上发言时灵机一动的根源。我那个简短的发言颇得到几位比较文学老前辈的首肯，可见我的想法还是有一些代表性的。

比较文学的比较应该有一定的标准，也可以称为规范。这个想法在将近六十年前就有人讲过了。已故陈寅恪教授在1933年《与刘叔雅论国文试题书》中写道：

即以今日中国文学系之中外文学比较一类之课程言，亦只能就白乐天等在中国及日本之文学史上，或佛教故事在印度及中国文学史上之影响及演变等问题，互相比较研究，方符合比较研究之真谛。盖此种比较研究方法，必须具有历史演变及系统异同之观念。否则古今中外，人天龙鬼，无一不可取以相与比较。荷马可比屈原，孔子可比歌德，穿凿附会，怪诞百出，莫可追诘，更无所谓研究之可言矣。

这一段话实在值得我们深思。

我在上面讲到，我希望年轻的比较文学者们把比较文学看得难一点，其最基本的动机，即在于此。他们的问题就在于把比较文学看得太容易，因而放松了对自己的要求。我认为，一个人如果真想搞比较文学，至少必须通中国文学，另外再通一门外国文学，不能精通，也要稍通。对中外文学的理论和发展规律要有一定的理解。具备了这样的基础，就不至于乱比，瞎比。比较的结果也会有助于中国新文学的发展。

因此，我仍然劝年轻的同行们：要把比较文学看得难一点，再难一点；越看得难，就越有好处。

1990 年 7 月 23 日

东方文化和西方文化

据说全世界学者对文化下的定义超过五百多个。这就等于没有定义。根据我粗浅的理解，人类在精神和物质方面所创造的一切优秀的东西，就叫作文化。

文化的产生

笼统地说，对文化产生不外有两种看法，一是一元产生论；二是多元产生论。

一元产生论主张世界上只有一个民族产生文化，这就是 nordic（北欧人）。其他民族都不产生文化，甚至是文化的破坏者。这是德国法西斯的“理论”，自然为我们所不取。

我是主张文化产生多元论的。世界上任何民族，不论大小，都能产生文化，都对人类总体文化有贡献。但是，各民族产生的文化，在质和量上，又各自不同，甚至有极大的悬殊，这是历史事实。不承认这一点，不是实事求是的态度，不是科学态度。

文化的交流

自从有人类那一天起，就有文化交流。一个人在获取食物方面有了一个新的方法，别人学习，这就是交流。这当然是最简单最原始的交流。在历史发展过程中，人类逐渐形成了氏族、部落等等。氏族与部落也有文化交流。以后形成了民族，形成了国家。民族与国家之间也有文化交流。这是更大范围的、内容越来越丰富的文化交流。一直到今天，文化交流还在全世界各民族、各国家之间进行，以至形成了眼前的光辉灿烂的五光十色的人类文化。人类的生活越来越丰富，寿命越来越延长。

文化交流是促进人类社会前进的最主要的力量。

文化的体系

尽管文化是不同地区不同民族创造出来的；但是归根结蒂，这些文化却形成了或者结成了一些规模比较大的文化体系。根据我个人的看法，有史以来一直到今天人类共形成了四个文化体系，这些体系是：

一、中国文化体系（其中包含日本文化，后者有了某些改造与发展）；

二、印度文化体系；

三、古希伯来、埃及、巴比伦、亚述以至阿拉伯伊斯兰闪族文化体系；

四、古希腊、罗马以至近现代欧美的印度欧罗巴文化体系。

以上四个文化体系，如果再归纳一下的话，可以分为两大文化体系：一个是东方文化体系，包括上面的一、二、三，三个文化体系；第二个是西方文化体系，就是上面的第四个。

人类自古以来的文化，尽在此矣。

两大文化体系的同与异

两大文化体系相同的地方是，都为人类造福，都提高了人的本质，都提高了人类的生活和享受水平，都推动了人类社会的发展。

两大文化体系不同的地方，表现在很多方面。但是，我认为，最根本的不同却表现在思维模式方面，这是其他一切不同之点的基础和来源。一言以蔽之，东方文化体系的思维模式是综合的（comprehensive），而西方则是分析的（analytical）。正如人类只能有东西两大文化体系，人类也只能有两个思维模式，不能有第三个。这种二分法，好像是大自然以及人类思维的一个基本原则。中国《易经》讲乾坤，也就是阴阳。自然界有日月，昼夜。宗教哲学伦理有光明与黑暗，善与恶，等等。

所谓综合思维，其特点可以归结为两句话：整体概念与普遍联系。用一句通俗的话来说，就是既见树木，又见森林。用医学来打个比喻：头痛可以医脚，反之亦然。

所谓分析思维，其特点就是抓住物质，一个劲地分析下去，一直分析到基本粒子。是不是还能再往下分呢？在这里，科学界和哲学界意见都有分歧，一派主张物质无限可分，一派主张有限。这种分析的思维模式，用一句通俗的话来说，就是只见树木，不见森林。再用医学来作比喻，就是头痛医头，脚痛医脚。

中国古代天人合一的思想，是东方思维模式的最有典型意义的代表。印度古代哲学宗教的“你就是它”——指宇宙，也表现了同一思想。印度佛教的名相分析，看似分析，深究其实，则与西方的分析迥乎不同。

对东方文化的看法

现在主宰世界的是西方文化。这是事实，谁也无法否认。但这只能是一时的现象。西方人轻视东方文化，实出于民族偏见。东方人，特别是中国人，轻视东方文化，则是短见。如果看问题能上下数千年，纵横几万里，则能看到事实的真相。

三十年河西，三十年河东

从人类几千年的历史上来看，东西方文化的相互关系是“三十年河西，三十年河东”。中国在汉唐时期，长安（西安）实际上是世界经济文化的中心。这也是事实，谁也否认不掉的。自明末西学东渐开始，情况逐渐有了变化。1840年的鸦片战争是一个转折点。日本认真学习西方文化，自1868年明治维新开始，时间早于中国，成绩大于中国，直到今天，科技浸浸乎将据世界首位矣。

河西河东行将易位

西方人挟其科技优势，自命为天之骄子。然而，据我的看法，人类历史上从来没有哪一个文化能延长万岁千秋，从下一个世纪开始，河东将取代河西，东方文化将逐渐主宰世界。西方人自认为他们那种以分析思维模式为基础的科学和哲学是绝对真理，然而自然界和人类社会中许多现象和问题，他们并不能解决。这一点西方许多有识之士已经敏锐地感觉到了，比如德国的施本格勒（Spengler）、英国的汤因比（Toynbee）等等。西方最近几年兴起的一些新兴学科，比如模糊学、混沌学等等，也表现了同一个朕兆。我认为，这些新兴学科，尽管内容不尽相同，甚至完全不同，却表现了某一些共同的思维特点，这些特点不同于西方传统的典型的分析的思维模式，而是表现出近似东方的综合的思维模式，比如主张普遍联系，有了一些整体概念。

人类文化发展的前途

我说，自 21 世纪起，东方文化将逐渐取代西方文化，我的意思并不是说完全铲除或者消灭西方文化，那是根本不可能的，也是违反人类社会发展规律的。正确的做法是继承西方文化在几百年内所取得的一切光辉灿烂的业绩，以东方文化的综合思维济西方文化分析思维之穷，把全人类文化提高到发展到一个更高更新的阶段。

人类文化总会不断地前进的，在任何时候也不会停步不前的，这就是人类社会发展的规律。

1992 年 8 月 4 日

为人处世

一个人活在世界上，必须处理好三个关系：第一，人与大自然的关系；第二，人与人的关系，包括家庭关系在内；第三，个人心中思想与感情矛盾与平衡的关系。这三个关系，如果能处理得好，生活就能愉快；否则，生活就有苦恼。

做人与处世

一个人活在世界上，必须处理好三个关系：第一，人与大自然的关系；第二，人与人的关系，包括家庭关系在内；第三，个人心中思想与感情矛盾与平衡的关系。这三个关系，如果能处理得好，生活就能愉快；否则，生活就有苦恼。

人本来也是属于大自然范畴的。但是，人自从变成了“万物之灵”以后，就同大自然闹起独立来，有时竟成了大自然的对立面。人类的衣食住行所有的资料都取自大自然，我们向大自然索取是不可避免的。关键是，怎样去索取？索取手段不出两途：一用和平手段，一用强制手段。我个人认为，东西文化之分野，就在这里。西方对待大自然的基本态度或指导思想是“征服自然”，用一句现成的套话来说，就是用处理敌我矛盾的方法来处理人与大自然的关系。结果呢，从表面上看去，西方人是胜利了，大自然真的被他们征服了。自从西方产业革命以后，西方人屡创奇迹。楼上楼下，电灯电话。大至宇宙飞船，小至原子，无一不出自西方“征服者”之手。

然而，大自然的容忍是有限度的，它是能报复的，它是能惩罚的。报复或惩罚的结果，人皆见之，比如环境污染，生态失衡，臭氧层出洞，物种灭绝，人口爆炸，淡水资源匮乏，新疾病产生，如此等等，不一而足。这些弊端中哪一项不解决都能影响人类生存的前途。我并非危言耸听，现在全世界人民和政府都高呼环保，并采取措施。古人说：“失之东隅，收之桑榆。”犹未为晚。

中国或者东方对待大自然的态度或哲学基础是“天人合一”。宋人张载说得最简明扼要：“民，吾同胞；物，吾与也。”“与”的意思是伙伴。我们把大自然看作伙伴，可惜我们的行为没能跟上。在某种程度上，也采取了“征服自然”的办法，结果也受到了大自然的报复。前不久南北的大洪水不是很能发人深省吗？

至于人与人的关系，我的想法是：对待一切善良的人，不管是家属，还是朋友，都应该有一个两字箴言：一曰真，二曰忍。真者，以真情实意相待，不允许弄虚作假。对待坏人，则另当别论。忍者，相互容忍也。日子久了，难免有点磕磕碰碰。在这时候，头脑清醒的一方应该能够容忍。如果双方都不冷静，必致因小失大，后果不堪设想。唐朝张公艺的“百忍”是历史上有名的例子。

至于个人心中思想感情的矛盾，则多半起于私心杂念。解之之方，唯有消灭私心，学习诸葛亮的“淡泊以明志，宁静以致远”，庶几近之。

1998 年 11 月 17 日

中国知识分子的爱国传统

传统文化与爱国主义这两件事看起来似乎没有什么联系。但是别的国家我先不谈，专就中国而论，二者是有极其密切的联系的。这里面包含着两层意思：一层是在中国传统文化，或者把范围缩小一点，在中国传统的伦理中，爱国主义占有极其重要的地位；二层是，唯其因为我国有光辉灿烂的传统文化，我们这个国家才更值得爱，更必须爱。

先谈第一层意思。我要从历史谈起。秦以前渺茫难究诘，这里不谈。秦将蒙恬因为御匈奴有功，被当时人和后代人所赞颂。到了汉朝，汉武帝的大将卫青和霍去病，小小年纪，也因为御匈奴有功，为当时人和后代人所赞颂。苏武被匈奴扣押了十几二十年，坚贞不屈，牧羊北海之滨，至今还在小说和戏文中传为千古佳话。到了三国时候，诸葛亮忠于蜀国，成为万古凌霄一羽毛。我必须在这里解释几句。我似乎听到有人问：诸葛亮这能算是爱国主义吗？我答曰：是的，是不折不扣的爱国主义。什么叫“国”呢？古有古的概念，今有今的概念。魏、蜀、吴，就是三个“国”，否则家喻户晓的《三国演义》为什么叫“三国”呢？过去在很长的一段时间内，我们史学界一些人搞形而上学，连抵御匈奴都不敢说是爱国，因为匈奴是今天中华人民共和国内的某某民族的祖先。在今天看，这话可能是对的。但在古时确是两国。我们怎么能拿今天的概念硬扣在古代历史上呢？我的这个解释也可以而且必须应用到三国以后的中国历史上去。比如宋代的杨家将，至今还在戏文中熠熠闪光。所有这一切都值得我们深思。我说中国传统文化中，中国的传统伦理中有强烈的爱国主义成分，难道这不是事实吗？

现在再谈第二层意思。国之所以可爱，之所以必须爱，原因是很多的。专就中国而论，由爱我们的伟大的传统文化而爱国，理由是顺理成章的。我一向主张，在整个人类大家庭中，文化是大家共同创造的，国无论大小，历史无论久暂，都或多或少对人类共同文化宝库有所贡献。但是同时，又必须承认，国与国之间，民族与民族之间，贡献是不一样的。我国立国东亚大陆，垂数千年。我们祖先的几大发明名垂千古，至今人类还受其利。我想，除了主张“全盘西化”的人以外，中国人一谈到自己的文化，无不油然起自豪感。我们当然不能也不会躺在祖先的光荣的文化传统上睡大觉，我们还必须奋发图强，在旧基础上赶上新世界。这一点用不着多做解释。专就爱国主义而论，有这样传统文化的国家，难道还不应该还不值得爱吗？

最近几年以来，我常常思考中国知识分子与爱国主义的问题。我逐渐认识到，中国知识分子（当然劳动人民也在内）是世界上最爱国的知识分子，是世界上最好的知识分子。其中原因，上面讲的传统文化只能算是一个，从近代史上来看，还有别的原因。

中国自 1840 年以来，遭受殖民主义和帝国主义的压迫和剥削。

知识分子对此最为敏感，因此养成了爱国的传统。殖民主义和帝国主义国家的知识分子，虽然也是讲爱国主义的，但是这种爱国主义是经不住考验的。一到关键时刻，立刻就“有奶就是娘”了。

我想把中国知识分子按年龄分为三类：老、中、青。老知识分子是在旧社会待过而且很多是在国外待过的。他们根据亲身体验，深知国家不强，必定受人歧视。所以这一批人爱国心特别强烈。在新中国成立后，虽然不少人遭受批判，大多数人在“史无前例”的时代遭受非人的待遇，至今仍然爱国如常。“物美价廉，经久耐用”，指的就是这一批人。

中年知识分子没有遭受“三座大山”的压迫。他们受到了传统文化熏陶，也是爱国的，现在正为祖国辛勤服务。

青年知识分子则丝毫没有受过外国的压迫。他们对新中国成立前的情况，只是从书本上或老人的口中知道一些，印象是淡薄的。对他讲爱国主义，理论上易讲，事实上难说。今天的大学生都属于这个范畴。要进行爱国主义教育，他们应该是重点。我们在这方面应该多想一些办法，向他们多讲一些传统文化，讲一些历史，看来这会是行之有效的办法。总之，我认为传统文化与爱国主义是息息相关的，相辅相成的，两方面都要多讲。

1989年10月13日

我们中国的留学生都必须爱国

我是一个老留学生，在国外学习和工作了十年有余，后来我又到过全世界许多国家，对于留学生的情况，我应该说是了解的。但是，俗话说："老年的皇历看不得了。"我回国至今已有半个世纪，可谓"老矣"，我这一本皇历早已经看不得了。可为什么我现在竟斗胆来写这样一篇序呢？

原因当然是有的。虽然相距半个世纪，在这期间，沧海桑田，世界发生了天翻地覆的变化，留学生自不能例外，但是，既同称留学生，必然仍有其共同之处。我的一些看来似已过时的看法和经验，未必对今天的留学生没有用处。这有点像翻看旧书，偶尔会发现不知多少年前压在书中的一片红叶，岁月虽已流逝，叶片却仍红艳如新，它会勾引起我和别人一些对往事栩栩如在目前的回忆。

我现在就把这些回忆从心中移到纸上来。

中国之有"留学热"，不自今日始。30 年代初起一直到后来很长的时间内，此"热"未消，而且逐年增温。当年的大学生，一谈到留学，喜者有之，悲者亦有之。虽同样炽热，而心态却又天地悬殊。父母有权、有势、有钱，出国门易如反掌，自然是心旷神怡，睥睨一切。无此条件者，唯有考取官费一途，而官费则名额只有几名，僧多粥少，向隅而叹者，比比皆是，他们哪能不悲呢？我曾亲眼看到，有的人望“洋”兴叹，羡慕得浑身发抖，遍体生热。

留学的动机何在呢？高者胸怀“科学救国”的大志，当时“科学”只能到外国去学。低者则一心只想“镀金”。在当时大学毕业生找“饭碗”十分困难的情况下，想出国镀一下金，用现在的话说，就是“包装”，以便回国后在抢饭碗的搏斗中靠自己身上的金色来震撼有权势、有用人权者的心，其用心良苦，实亦未可厚非，我们大可以不必察察为明，细细地去追究别人心中的“活思想”和“一闪念”。

尽管在当时留学生出国的目的各不相同，但是也有共同的地方。据我的观察，这个共同性是普遍的，几乎没有任何例外的。这就是：出国是为了回国，想待在或者赖在外国不回来的想法，我们连影儿都没有，甚至连“一闪念”中也没有闪过。

写到这里，我再也无法抑制住同今天的留学生比一比的念头。根据我所看到的或者听到的情况来看，今天的留学生，其数目大大地超过了50年前。其中决不缺少有“出国是为了回国”的仁人志士。但是大部分——大到什么程度，我没有做过统计，不敢乱说——却是“出国为了不回来”的。这种现象，自然会有其根源，而且根源还是明摆着的。无论什么根源也决不能为这个现象辩解。我虽年迈，但尚未昏聩。对于这个现象我真是大为吃惊，大为浩叹，不经意中竟成了九斤老太的信徒。

根据我多年的观察与思考，我觉得，世界上各国都有自己的知识分子。既然同为知识分子，必然有其共同点。这个共同点并不神秘，不用说人们也明白，这就是：他们都有知识，否则，没有知识，就不能成其为“知识分子”。但是，最重要的，还是他们都有不同之处。别的国家，我先不谈，只谈中国。同别的国家的知识分子比较起来，中国知识分子的特点是异常鲜明，异常突出的。也许有人会问：你不是正讲留学生吗？怎么忽然讲开了知识分子？原因十分清楚，因为留学生都是知识分子，是知识分子中一个独特的部分。所以讲留学生必须讲知识分子。

那么，中国知识分子的异常鲜明、异常突出之处究竟何在呢？归纳起来，我认为有两点：一是讲骨气，二是讲爱国。所谓“骨气”，就是我们常说的“有骨头”“有硬骨头”等等。还有“不吃嗟来之食”也属于这一类。

至于“宁死不屈”“宁为玉碎，不为瓦全”等等一类的话，更是俯拾即是。《孟子·滕文公上》说：“富贵不能淫，贫贱不能屈，威武不能移，此之谓大丈夫。”这说得多么具体，多么生动，掷地可作金石声。我们不但这样说，而且这样做。三国时祢衡击鼓骂曹，被曹操假黄祖之手砍掉了脑袋。近代章太炎胸佩大勋章，赤足站在新华门前，大骂住在里面的袁世凯，更是传为佳话，引起普遍的尊重。这种例子，中国历史上还多得很。其他国家，不能说一点也不提倡骨气；但决没有中国这样普遍，这样源远流长。

我觉得，我们中国人民，我们中国知识分子，我们中国留学生都必须有这样的骨气。

说到爱国，中国更为突出。在世界上众国之林中，没有哪一个国家宣传不爱国的。任何国家的人民都有权利和义务爱自己的国家。但是，我们必须对爱国主义加以分析。不能一见爱国主义，就认为是好东西。我个人认为，世界上有两种爱国主义，一真一假；一善一恶。被压迫、被侵略、被剥削国家和人民的爱国主义，是真爱国主义，是善的正义的爱国主义。而压迫人、侵略人、剥削人的国家和人民的爱国主义，是邪恶的，非正义的，假爱国主义，实际上应该称之为“害国主义”。这情况一想就能明白。德国法西斯和日本军国主义者狂喊“爱国主义”，喊得震天价响。这样的国能爱吗？值得爱吗？谁爱这样的国，谁就沦为帮凶。而我们中国，以汉族为基础的中国，虽号称天朝大国，我们反而是被侵略、被屠杀者。因为中国人民始终处在被侵略、被屠杀的环境中，存在决定意识，我们就形成了连绵数千年根深蒂固的爱国主义。中国历史上有名的爱国者灿如列星，光被四表。

我觉得，我们中国人民，我们中国知识分子，我们中国留学生都必须爱国。

说到这里，我不妨讲几个我们五六十年前老留学生的故事。在二战期间，我正在德国留学和工作。我们住在小城哥廷根的几个留学生，其中有原清华大学副校长、中国科学院院士张维教授等。我们常想，一个人在国内要讲人格。在国外，除了人格，还要讲国格。因为你在国外，在外国人眼中，你就是中国的代表。他们没有到过中国，你是什么样子，他们就认为中国是什么样子。你的一举一动，都不能掉以轻心。我们常讲，如果同德国学生有了冲突，他出言不逊，侮辱了我们自身，这样的情况还可以酌情原谅。如果他侮辱我们国家，我们必须跟他玩儿命。幸而，我们从来没有碰到这样的情况。我们十分感谢诚实可靠待人以礼的伟大的德国人民。

1942 年，国民党政府的使馆从柏林撤走，取而代之的是日军走狗汉奸汪精卫的使馆。这对我们来说是一个十分关键、意义异常重大的事情。我同张维等商议，决不能同汉奸使馆发生任何关系。我们毅然走到德国警察局，宣布我们无国籍。要知道，宣布无国籍是有极大的危险性的。一个无国籍的人，就等于天空中的一只飞鸟，任何人都可以捕杀它，受不到任何方面的保护。我们冒着风险这样做了。一个有良心的中国人也只能这样去做。然而我们内心中却是十分欣慰的，认为自己还不是孬种，还够算得上一个堂堂正正的中国人。我们没有失掉人格，也没有失掉国格。

我说这一番话，好像是“老王卖瓜，自卖自夸”，意在吹擂自己。我全没有这样的想法。我比今天的留学生年龄要大上五六十岁。我不愿意专门说些好听的话，取悦于你们。如果我还有什么优点的话，那就是：我敢于讲点真话，肯讲点真话。我上面讲到的今天留学生的情况，也全是真话，没有半句谎言。

如果真是这样的话，我岂不是认为“今不如昔”了吗？岂不是认为“黄鼬降老鼠，一窝不如一窝”了吗？我决不这样相信。我上面虽然说到“我成了九斤老太的信徒”，其实并没有。我的信条一向是“长江后浪推前浪，世上新人换旧人”。我始终相信“雏凤清于老凤声”。我总认为人类总会越来越好的，而决不是相反。今天留学生的情况只能是暂时的现象。目前我们国家在生活福利方面还赶不上发达的国家，还有一些不尽如人意的地方。但这也只能是暂时的现象。我们有朝一日总会好起来的。今天有些留学生不想回国，我不谴责他们，我相信他们仍然是爱国的。即使已经“归化”了其他国家的人，他们的腔子里仍然会有一颗中国的心。那种手执刀叉，口咽大菜，怀里揣满了美元而认为心满意足，认为是实现了人生的意义与价值的人，毕竟只能是极少数。

我倚老卖老，刺刺不休，在上面讲了这一些并不是每一个人都爱听的语。俗话说：“良药苦口利于病，忠言逆耳利于行。”我相信，我的话不会没有用处的。话中如果有可取之处，则请大家取之。如果认为根本没有用，则请大家弃之如敝屣，我决不会有任何怨言。

1995 年 11 月 5 日《神州学人丛书》序

谈 孝

孝，这个概念和行为，在世界上许多国家中都是有的，而在中国独为突出。中国社会，几千年以来就是一个宗法伦理色彩非常浓的社会，为世界上任何国家所不及。

中国人民一向视孝为最高美德。嘴里常说的，书上常讲的三纲五常，又是什么三纲六纪，哪里也不缺少父子这一纲。具体地应该说“父慈子孝”是一个对等的关系。后来不知道是怎么一来，只强调“子孝”，而淡化了“父慈”，甚至变成了“天下无不是的父母”。古书上说：“身体发肤，受之父母。”一个人的身体是父母给的，父母如果愿意收回去，也是可以允许的了。

历代有不少皇帝昭告人民：“以孝治天下。”自己还装模作样，尽量露出一副孝子的形象。尽管中国历史上也并不缺少为了争夺王位导致儿子弑父的记载，野史中这类记载就更多，但那是天子的事，老百姓则是绝对不能允许的。如果发生儿女杀父母的事，皇帝必赫然震怒，处儿女以极刑中的极刑：万剐凌迟。

在中国流传时间极长而又极广的所谓“教孝”中，就有一些提倡愚孝的故事，比如王祥卧冰、割股疗疾等都是迷信色彩极浓的故事，产生了不良的影响。

但是中华民族毕竟是一个极富于理性的民族，就在已经被视为经典的《孝经·谏诤章》中，我们可以读到下列的话：

昔者，天子有诤臣七人，虽无道，不失其天下；诸侯有诤臣五人，虽无道，不失其国；大夫有诤臣三人，虽无道，不失其家；士有诤友，则身不离于令名；父有诤子，则身不陷于不义。故当不义，则子不可以不诤于父，臣不可以不诤于君；故当不义，则诤之，从父之令，又焉得为孝乎？

这话说得多么好呀，多么合情合理呀！这与“天下无不是的父母”这一句话形成了鲜明的对立。后者只能归入愚孝一类，是不足取的。

到了今天，我们应该怎样对待孝呢？我们还要不要提倡孝道呢？据我个人的观察，在时代变革的大潮中，孝的概念确实已经淡化了。不赡养老父老母，甚至虐待他们的事情，时有所闻。我认为，这是不应该的，是影响社会安定团结的消极因素。我们当然不能再提倡愚孝；但是，小时候父母抚养子女，没有这种抚养，儿女是活不下来的。父母年老了，子女来赡养，就不说是报恩吧，也是合乎人情的。如果多数子女不这样做，我们的国家和社会能负担起这个任务来吗？这对我们迫切要求的安定团结是极为不利的。这一点简单的道理，希望当今为子女者三思。

1999年5月14日

容 忍

人处在家庭和社会中，有时候恐怕需要讲点容忍的。

唐朝有一个姓张的大官，家庭和睦，美名远扬，一直传到了皇帝的耳中。皇帝赞美他治家有道，问他道在何处，他一气写了一百个“忍”字。这说得非常清楚：家庭中要互相容忍，才能和睦。这个故事非常有名。在旧社会，新年贴春联，只要门楣上写着“百忍家声”就知道这一家一定姓张。中国姓张的全以祖先的容忍为荣了。

但是容忍也并不容易。1935 年，我乘西伯利亚铁路的车经苏联赴德国，车过中苏边界上的满洲里，停车四小时，由苏联海关检查行李。这是无可厚非的，入国必须检查，这是世界公例。但是，当时的苏联大概认为，我们这一帮人，恐怕没有好人，必须严查，以防万一。检查其他行李，我决无意见。但是，在哈尔滨买的一把最粗糙的铁皮壶，却成了被检查的首要对象。这里敲敲，那里敲敲，薄薄的一层铁皮决藏不下一颗炸弹的，然而他却敲打不止。我真有点无法容忍，想要发火。我身旁有一位年老的老外，是与我们同车的，看到我的神态，在我耳旁悄悄地说了句：Patience is the great virtue（容忍是很大的美德）。我对他微笑，表示致谢。我立即心平气和，天下太平。

看来容忍确是一件好事，甚至是一种美德。但是，我认为，也必须有一个界限。我们到了德国以后，就碰到这个问题。旧时欧洲流行决斗之风，谁污辱了谁，特别是谁的女情人，被污辱者一定要提出决斗。或用手枪，或用剑。普希金就是在决斗中被枪打死的。我们到了的时候，此风已息；但仍发生。我们几个中国留学生相约：如果外国人污辱了我们自身，我们要揣度形势，主要要容忍，以东方的恕道克制自己。但是，如果他们污辱我们的国家，则无论如何也要同他们玩儿命，决不容忍。这就是我们容忍的界限。幸亏这样的事情没有发生，否则我就活不到今天在这里舞笔弄墨了。

现在我们中国个别人的容忍水平，看了真让人气短。在公共汽车上，挤挤碰碰是常见的现象。如果碰了或者踩了别人，连忙说一声："对不起！"就能够化干戈为玉帛，然而有不少人连"对不起"都不会说了。于是就相吵相骂，甚至于扭打，甚至打得头破血流。我们这个伟大的民族怎么竟变成了这个样子！我在自己心中暗暗祝愿：容忍兮，归来！

1996年12月17日

毁 誉

好誉而恶毁，人之常情，无可非议。

古代豁达之人倡导把毁誉置之度外。我则另持异说，我主张把毁誉置之度内。置之度外，可能表示一个人心胸开阔；但是，我有点担心，这有可能表示一个人的糊涂或颟顸。

我主张对毁誉要加以细致的分析。首先要分清：谁毁你？谁誉你？在什么时候？在什么地方？由于什么原因？这些情况弄不清楚，只谈毁誉，至少是有点模糊。

我记得在什么笔记上读到过一个故事。一个人最心爱的人，只有一只眼。于是他就觉得天下人（一只眼者除外）都多长了一只眼。这样的毁誉能靠得住吗？

还有我们常常讲什么“党同伐异”，又讲什么“臭味相投”等等。这样的毁誉能相信吗？

孔门贤人子路“闻过则喜”，古今传为美谈。我根本做不到，而且也不想做到，因为我要分析：是谁说的？在什么时候，在什么地点，因为什么而说的？分析完了以后，再定“则喜”，或是“则怒”。喜，我不会过头。怒，我也不会火冒十丈，怒发冲冠。孔子说：“野哉，也！”大概子路是一个粗线条的人物，心里没有像我上面说的那些弯弯绕。

我自己有一个颇为不寻常的经验。我根本不知道世界上有某一位学者，过去对于他的存在，我一点都不知道；然而，他却同我结了怨。因为，我现在所占有的位置，他认为本来是应该属于他的，是我这个“鸠”把他这个“鹊”的“巢”给占据了。因此，勃然对我心怀不满。我被蒙在鼓里，很久很久，最后才有人透了点风给我。我知道，天下竟有这种事，只能一笑置之。不这样又能怎样呢？我想向他道歉，挖空心思，也找不出丝毫理由。

大千世界，芸芸众生，由于各人禀赋不同，遗传基因不同，生活环境不同，所以各人的人生观、世界观、价值观、好恶观等等，都不会一样，都会有点差别。比如吃饭，有人爱吃辣，有人爱吃咸，有人爱吃酸，如此等等。又比如穿衣，有人爱红，有人爱绿，有人爱黑，如此等等。在这种情况下，最好是各人自是其是，而不必非人之非。俗语说：“各扫自家门前雪，不管他人瓦上霜。”这话本来有点贬义，我们可以正用。每个人都会有友，也会有“非友”，我不用“敌”这个词儿，避免误会。友，难免有誉；非友，难免有毁。碰到这种情况，最好抱上面所说的分析的态度，切不要笼而统之，一锅糊涂粥。

好多年来，我曾有过一个“良好”的愿望：我对每个人都好，也希望每个人对我都好。只望有誉，不能有毁。最近我恍然大悟，那是根本不可能的。如果真有一个人，人人都说他好，这个人很可能是一个极端圆滑的人，圆滑到琉璃球又能长上脚的程度。

1997 年 6 月 23 日

关于人的素质的几点思考

一、我们当前所面临的形势

谈问题必须从实际出发，这几乎成了一个常识。谈人的素质又何能例外?

在这方面，我们，包括大陆和台湾，甚至全世界，我们所面临的形势怎样呢？我觉得，法鼓人文社会学院的“通告”中说得简洁而又中肯：

识者每以今日的社会潜伏下列诸问题为忧：即功利气息弥漫，只知夺取而缺乏奉献和服务的精神；大家对社会关怀不够，环境日益恶化；一般人虽受相当教育，但缺乏判断是非善恶的能力；科技教育与人文教育未能整合，阻碍教育整体发展，亦且影响学生健全人格的养成。

这些话都切中时弊。

在这里，我想补充上几句。

我们眼前正处在 20 世纪的世纪末和千纪末中。“世纪”和“千纪”都是人为地创造出来的；但是，一旦创造出来，它似乎就对人类活动产生了影响。19 世纪的世纪末可以为鉴，当前的这一个世纪末，也不例外。在政治、经济等方面所发生的巨大变化，有目共睹。我特别想指出环境保护等方面的令人触目惊心的情况。这些都与西方科学技术的发展密切相联。

西方自产业革命以后，科技飞速发展。生产力解放之后，远迈前古。结果给全体人类带来了极大的意想不到的福利。这一点是无论如何也否认不掉的。但是同时也带来了同样是想不到的弊端或者危害，比如空气污染、海河污染、生态平衡破坏、一些动植物灭种、环境污染、臭氧层出洞、人口爆炸、淡水资源匮乏、新疾病产生，如此等等，不一而足。这些灾害中任何一项如果避免不了，祛除不掉，则人类生存前途就会受到威胁。所以，现在全世界有识之士以及一些政府，都大声疾呼，注意环保工作。这实在值得我们钦佩。

英国浪漫主义诗人雪莱（Shelley）以诗人的惊人的敏感，在 19 世纪初叶，正当西方工业发展如火如荼地上升的时候，在他所著的于 1821 年出版的《诗辨》中，就预见到它能产生的恶果，他不幸而言中，他还为这种恶果开出了解救的药方：诗与想象力，再加上一个爱。这也实在值得我们佩服。

眼前的这一个世纪末，实在是人类历史上一个空前的大动荡大转轨的时代。在这样的时机中，我们平常所说的“代沟”空前地既深且广。老少两代人之间的隔阂十分严峻。有人把现在年轻的一代人称为“新人类”，据说日本也有这个词儿，这个词儿意味深长。

二、人的天性或本能

我们就处在这样的环境条件下来探讨人的天性的一些想法。

两千多年以来，中国哲学史上始终有一个争论不休的问题：性善与性恶。孟子主性善，荀子主性恶，这是众所周知的事实。两说各有拥护者和反对者，中立派就主张性无善无恶说。我个人的看法接近此说，但又不完全相同。如果让我摆脱骑墙派的立场，说出真心话的话，我赞成性恶说，然则根据何在呢？

由于行当不对头——我重点搞的是古代佛教历史、中亚古代语文、佛教史、中印和中外文化交流史等……我对生理学和心理学所知甚微。根据我多年的观察与思考，我觉得，造物主或天或大自然，一方面赋予人和一切生物（动植物都在内）以极强烈的生存欲，另一方面又赋予它们极强烈的发展扩张欲。一棵小草能在砖石重压之下，以惊人的毅力，钻出头来，真令我惊叹不置。一尾鱼能产上百上千的卵，如果每一个卵都能长成鱼，则湖海有朝一日会被鱼填满。

植物无灵，但有能，它想尽办法，让自己的种子传播出去。类似的例子，举不胜举。但是，与此同时，造物主又制造某些动植物的天敌，大鱼吃小鱼，小鱼吃虾米，猫吃老鼠，等等，等等。总之是，一方面让你生存发展，一方面又遏止你生存发展，以此来保持物种平衡、人和动植物的平衡。这是造物主给生物开玩笑。老子说："天地不仁，以万物为刍狗。"意思与此差为相近。如此说来，荀子的性恶说能说没有根据吗？荀子说："人之性恶，其善者伪也。""伪"字在这里有"人为"的意思，不全是"假"。总之，这说法比孟子性善说更能说得过去。

三、道德问题

写到这里，我认为可以谈道德问题了。道德讲善恶，讲好坏，讲是非，等等。那么，什么是善，是好，是是呢？根据我上面的说法，我们可以说：自己生存，也让别的人或动植物生存，这就是善。只考虑自己生存不考虑别人生存，这就是恶。《三国演义》中说曹操有言："宁教我负天下人，休教天下人负我。"这是典型的恶。要一个人不为自己的生存考虑，是不可能的，是违反人性的。只要能做到既考虑自己也考虑别人，这一个人就算及格了，考虑别人的百分比愈高，则这个人的道德水平也就愈高。百分之百考虑别人，所谓"毫不利己，专门利人"，是做不到的。那极少数为国家、为别人牺牲自己性命的，用一个哲学家的现成的话来说是出于“正义行动”。

只有人类这个“万物之灵”才能做到既为自己考虑，也能考虑到别人的利益。一切动植物是绝对做不到的，它们根本没有思维能力。它们没有自律，只有他律，而这他律就来自大自然或者造物主。人类能够自律，但也必须辅之以他律。康德所谓“消极义务”，多来自他律。他讲的“积极义务”，则多来自自律。他律的内容很多，比如社会舆论、道德教条等等都是。而最明显的则是公安局、检察机构、法院。

写到这里，我想把话题扯远一点，才能把我想说的问题说明白。

人生于世，必须处理好三个关系：一、人与大自然的关系，那也称之为“天人关系”；二、人与人的关系，也就是社会关系；三、人自己的关系，也就是个人思想感情矛盾与平衡的问题。这三个关系处理好，人就幸福愉快；否则就痛苦。

在处理第一个关系时，也就是天人关系时，东西方，至少在指导思想方向上截然不同。西方主“征服自然”（to conquer the nature），《天演论》的“物竞天择，适者生存”，即由此而出。但是天或大自然是能够报复的，能够惩罚的。你“征服”得过了头，它就报复。比如砍伐森林，砍光了森林，气候就受影响，洪水就泛滥。世界各地都有例可证。今年大陆的水灾，根本原因也在这里。这只是一个小例子，其余可依此类推。学术大师钱穆先生一生最后一篇文章《中国文化对人类未来可有的贡献》，讲的就是“天人合一”

的问题，我冒昧地在钱老文章的基础上写了两篇补充的文章，我复印了几份，呈献给大家，以求得教正。

“天人合一”是中国哲学史上一个重要命题，解释纷纭，莫衷一是。钱老说：“我曾说‘天人合一’论，是中国文化对人类最大的贡献。”我的补充明确地说，“天人合一”就是人与大自然要合一，要和平共处，不要讲征服与被征服。西方近二百年以来，对大自然征服不已，西方人以“天之骄子”自居，骄横不可一世，结果就产生了我在上文第一章里补充的那一些弊端或灾害。钱宾四先生文章中讲的“天”似乎重点是“天命”，我的“新解”，“天”是指的大自然。这种人与大自然要和谐相处的思想，不仅仅是中国思想的特征，也是东方各国思想的特征。这是东西文化思想分道扬镳的地方。

在中国，表现这种思想最明确的无过于宋代大儒张载，他在《西铭》中说：“民，吾同胞；物，吾与也。”“物”指的是天地万物。佛教思想中也有“天人合一”的因素，韩国吴亨根教授曾明确地指出这一点来。佛教基本教规之一的“五戒”中就有戒杀生一条，同中国“物与”思想一脉相通。

四、修养与实践问题

我体会，圣严法师之所以不惜人力和物力召开这样一个规模宏大的会议，大陆暨香港地区以及台湾地区的许多著名的学者专家之所以不远千里来此集会，决不会是让我们坐而论道的。道不能不论，不论则意见不一致，指导不明确，因此不论是不行的。但是，如果只限于论，则空谈无补于实际，没有多大意义。况且，圣严法师为法鼓人文社会学院明定宗旨是“提升人的品质，建设人间净土”。这次会议的宗旨恐怕也是如此。所以，我们在议论之际，也必须想出一些具体的办法。这样会议才能算是成功的。

我在本文第一部分中已经讲到过，我们中国和全世界所面临的形势是十分严峻的。钱穆先生也说：“近百年来，世界人类文化所宗，可说全在欧洲。最近50年，欧洲文化近于衰落，此下不能再为世界人类文化向往之宗主。所以可说，最近乃人类文化之衰落期。此下世界文化又将何所向往？这是今天我们人类最值得重视的现实问题。”可谓慨乎言之矣。

我就是在这样严峻的情况下提出了修养和实践问题的，也可以称之为思想与行动的关系，二者并不完全一样。

所谓修养，主要是指思想问题、认识问题、自律问题，他律有时候也是难以避免的。在大陆，帮助别人认识问题，叫作“做思想工作”。一个人遇到疑难，主要靠自己来解决，首先在思想上解决了，然后才能见诸行动，别人的点醒有时候也起作用。佛教禅宗主张“顿悟”。觉悟当然主要靠自己，但是别人的帮助有时也起作用。

禅师的一声断喝，一记猛掌，一句狗屎橛，也能起振聋发聩的作用。宋代理学家有一个克制私欲的办法。清尹铭绶《学见举隅》中引朱子的话说：

前辈有俗澄治思虑者，于坐处置两器，每起一善念，则投白豆一粒于器中；每起一恶念，则投黑豆一粒于器中。初时黑豆多，白豆少，后来随不复有黑豆，最后则验白豆亦无之矣。然此只是个死法，若更加以读书穷理的工夫，那去那般不正作当底思虑，何难之有？

这个方法实际上是受了佛经的影响。《贤愚经》卷十三，（六七）优波提品第六十讲到一个“系念”的办法：

以白黑石子，用当等于筹算。善念下白，恶念下黑。优波提奉受其教，善恶之念，辄投石子。初黑偶多，白者甚少。渐渐修习，白黑正等。系念不止。更无黑石，纯有白者。善念已盛，逮得初果。（《大正新修大藏经》，第四卷，页四四二下）

这与朱子说法几乎完全一样，区别只在豆与石耳。

这个做法究竟有多大用处？我们且不去谈。两个地方都讲善念、恶念。什么叫善？什么叫恶？中印两国的理解恐怕很不一样。中国的宋儒不外孔孟那些教导，印度则是佛教教义。我自己对善恶的看法，上面已经谈过。要“系念”，我认为，不外是放纵本性与遏制本性的斗争而已。为什么要遏制本性？目的是既让自己活，也让别人活。因为如果不这样做的话，则社会必然乱了套，就像现代大城市里必然有红绿灯一样，车往马来，必然要有法律和伦理教条。宇宙间，任何东西，包括人与动植物，都不允许有“绝对自由”。为了宇宙正常运转，为了人类社会正常活动，不得不尔也。对动植物来讲，它们不会思考，不能自律，只能他律。人为万物之灵，是能思考、能明辨是非的动物，能自律，但也必济之以他律。朱子说，这个系念的办法是个“死法”，光靠它是不行的，还必须读书穷理，才能去掉那些不正当的思虑。读书当然是有益的，但却不能只限于孔孟之书；穷理也是好的，但标准不能只限于孔孟之道。特别是在今天，在一个新世纪即将来临之际，眼光更要放远。

眼光怎样放远呢？首先要看到当前西方科技所造成的弊端，人类生存前途已处在危机中。世人昏昏，我必昭昭。我们必须力矫西方“征服自然”之弊，大力宣扬东方“天人合一”的思想，年轻人更应如此。

以上主要讲的是修养。光修养还是很不够的，还必须实践，也就是行动，最好能有一个信仰，宗教也好，什么主义也好；但必须虔诚、真挚。这里存不得半点虚假成分。我们不妨先从康德的“消极义务”做起：不污染环境、不污染空气、不污染河湖、不胡乱杀生、不破坏生态平衡、不砍伐森林，还有很多“不”。这些“消极义务”能产生积极影响。这样一来，个人的修养与实践、他人的教导与劝说，再加上公、检、法的制约，本文第一部分所讲的那一些弊害庶几可以避免或减少，圣严法师所提出的希望庶几能够实现，我们同处于“人间净土”中。“挽狂澜于既倒”，事在人为。

（本篇为作者在台北法鼓人文社会学院召开的“人文关怀与社会实践系列——人的素质学术研究会”上的讲话。）

1999年3月29日

关于人生的价值

多少年来，我逐渐形成了一种看法或者主张，我认为，文化交流是推动人类社会发展，促进人类科技文化增长，加强人民与人民间、政府与政府间相互理解、增添感情的重要手段之一。这决不是我个人的凭空臆想，而是有历史事实为根据的，我的主张是能站得住的。

我们中华民族是伟大的民族，几千年来我们的发明创造，传出了中国，传遍了世界。其中四大发明更是辉煌无限，尽人皆知。我们甚至可以说，如果没有中国的四大发明，人类文化发展的进程将会推迟的。至于那一些比较小的发明创造，更是难以计数。英国学者李约瑟关于中国科技史的名著，是许多人都熟悉的。我在这里不再重述。我只举一本大家也许还不太知道的书，说明同一个问题，这就是伊朗裔的法国学者阿里·玛扎海里的《丝绸之路》，其中讲了许多中国的发明创造，虽不像四大发明那样辉煌，但意义并未减少。这一些看起来极其微末琐细的发明创造，对人类文化的发展，对人类生活的方便，同样做出了重大的贡献，且莫等闲视之。

上面说的是中华民族送出去的东西。在过去两千多年中，我们也同样拿来了很多很多的有用的东西。现在从最大的宏观上来看，在中国历史上外来文化大规模的传入共有两次，一次是汉代起印度佛教的传入，一次就是从四百年前起西方天主教，后来又加上了基督教的传入。两次传入，从表面上来看，都是宗教的传入；但从本质上来看，实际上传入的是文化，是哲学，是艺术，是技术等。没有这两次的传入，我们今天的科技和文化的发展决不会是现在这个样子。这是一件事实，没有争辩的余地。

佛教在这里先不谈，这不是我要谈的题目，我只谈天主教和基督教。虽然西方信仰耶稣的宗教在中国唐代已经以景教的名义传入中国，但是影响不大。真正有影响的是明末清初天主教的传入。晋代佛教高僧道安对弟子们说过两句话："不依国主，则法事难立。"这两句话是从经验中得来的，完全符合实际情况。佛教如此，天主教亦何独不然。天主教所依的最初不是国主，而是大臣和艺术家学者，前者可以徐光启为代表，后者的代表当首推大画家吴历。到了清代康熙皇帝统治时期，这一位大皇帝并不一定为天主教义所动，然而他的目光犀利，看到了西方科技的重大意义，亲自学习西方的几何学。皇帝的榜样有力量，清代颇出了几个大数学家。到了20世纪，西方文化猛烈冲击"东方睡狮"，如暴风骤雨，惊涛骇浪，中国人民接受了这个挑战，在短短一百年的时间内，从一个殖民地半殖民地国家，达到了今天的社会主义社会的初级阶段，其进步之速超过了过去的一千年。

由于种种人所共知的原因，今天的中国青年，有的产生了信仰危机，思想浮躁不安，对世间事有些茫然。有识之士憬然忧之，大家一致提出来要提高人民的，特别是青年的人文素质教育和伦理道德教育。我个人认为，这种想法是完全正确的，有远见卓识的，是“及时雨”。

但是，要做好这一件工作却并不容易。为之之法，其道多端。首先要对青年进行爱国主义教育，让他们知道，中华民族对世界做出过重大的贡献，今后还将做出更重大的贡献，作为一个中国人是很值得骄傲的。一个人只能有一次生命，必须实现人生的价值，才对得起这仅有的一次生命。麦当劳，肯德基，可口可乐加雪碧；比萨饼，加州面，卡拉 **OK**，美容院；这样的生活，虽然也能增加一些人生乐趣，但是，天天这样，就毫无意义。我希望，我们中国人，特别是青年人，要认识到自己对国家和后世子孙的义务。我们都是人类进化无尽长河中的一段，承前启后，是跑接力赛中的一棒，我们这一棒跑不好，会对全局产生恶劣影响。这就是爱国主义。但是，同时我们又必须认识到，我们对世界也负有义务，这就是国际主义。真正的爱国主义与国际主义，不但没有矛盾，而且是相辅相成，互相依存的。我个人认为，人类前途还是光明的。能否真正光明，就决定于各国人民能否做到爱国主义与国际主义相结合。

怎样才能让中国青年认识到这一点呢？办法多种多样。其中之一就是让他们认识到，一个人、一个民族、一个国家，都不能离开别的人、别的国家、别的民族而完全独立生存。人类都是要互相帮助、互相依存。而文化交流尚矣。就连我在上面说的麦当劳、肯德基等等也是文化交流的结果。

我们目前当务之急就是对青年进行文化交流的教育。世界上文化极多，而大别之无非东西两大文化体系，讲文化交流，首先就是要讲东方文化和西方文化的交流。我从前主编过一套《东学西渐丛书》，是讲东学，主要是中国文化向西传布的历史事实的。现在王渝生研究员又主编了这一套《西学东传人物丛书》，二书正好互补。王先生这一部书以人物为主体，讲来更加生动有趣。我相信，它一定会受到青年学子的欢迎的，故乐而为之序。

2000 年 1 月 16 日

《西学东传人物丛书》序

谦虚与虚伪

在伦理道德的范畴中，谦虚一向被认为是美德，应该扬。而虚伪则一向被认为是恶习，应该抑。

然而，究其实际，两者间有时并非泾渭分明，其区别间不容发。谦虚稍一过头，就会成为虚伪。我想，每个人都会有这种体会的。

在世界文明古国中，中国是提倡谦虚最早的国家。在中国最古的经典之一的《尚书·大禹谟》中就已经有了“满招损，谦受益，时（是）乃天道”这样的教导，把自满与谦虚提高到“天道”的水平，可谓高矣。从那以后，历代的圣贤无不张皇谦虚，贬抑自满。一直到今天，我们常用的词汇中仍然有一大批与“谦”字有联系的词儿，比如“谦卑”“谦恭”“谦和”“谦谦君子”“谦让”“谦顺”“谦虚”“谦逊”等，可见“谦”字之深入人心，久而愈彰。

我认为，我们应当提倡真诚的谦虚，而避免虚伪的谦虚，后者与虚伪间不容发矣。

可是在这里我们就遇到了一个拦路虎：什么叫“真诚的谦虚”呢？什么又叫“虚伪的谦虚”？两者之间并非泾渭分明，简直可以说是因人而异，因地而异，因时而异，掌握一个正确的分寸难于上青天。

最突出的是因地而异，“地”指的首先是东方和西方。在东方，比如说中国和日本，提到自己的文章或著作，必须说是“拙作”或“拙文”。在西方各国语言中是找不到相当的词儿的，尤有甚者，甚至可能产生误会。中国人请客，发请柬必须说“洁治菲酌”，不了解东方习惯的西方人就会满腹疑团：为什么单单用“不丰盛的宴席”来请客呢？日本人送人礼品，往往写上“粗品”二字，西方人又会问：为什么不用“精品”来送人呢？在西方，对老师，对朋友，必须说真话，会多少，就说多少。如果你说，这个只会一点点儿，那个只会一星星儿，他们就会信以为真，在东方则不会。这有时会很危险的。至于吹牛之流，则为东西方同样所不齿，不在话下。

可是怎样掌握这个分寸呢？我认为，在这里，真诚是第一标准。虚怀若谷，如果是真诚的话，它会促你永远学习，永远进步。有的人永远“自我感觉良好”，这种人往往不能进步。康有为是一个著名的例子。他自称，年届而立，天下学问无不掌握。结果说康有为是一个革新家则可，说他是一个学问家则不可。较之乾嘉诸大师，甚至清末民初诸大师，包括他的弟子梁启超在内，他在学术上是没有建树的。

总之，谦虚是美德，但必须掌握分寸，注意东西。在东方谦虚涵盖的范围广，不能施之于西方，此不可不注意者。然而，不管东方或西方，必须出之以真诚，有意的过分的谦虚就等于虚伪。

1998 年 10 月 3 日

知足与知不足

曾见冰心老人为别人题座右铭：“知足知不足，有为有不为。”言简意赅，寻味无穷。特写短文两篇，稍加诠释。先讲知足知不足。

中国有一句老话“知足常乐”，为大家所遵奉。什么叫“知足”呢？还是先查一下字典吧。《现代汉语词典》说：“知足：满足于已经得到的（指生活、愿望等）。”如果每个人都能满足于已经得到的东西，则社会必能安定，天下必能太平，这个道理是显而易见的。可是社会上总会有一些人不安分守己，癞蛤蟆想吃天鹅肉。这样的人往往要栽大跟头的。对他们来说，“知足常乐”这句话就成了灵丹妙药。

但是，知足或者不知足也要分场合的。在旧社会，穷人吃草根树皮，阔人吃燕窝鱼翅。在这样的场合下，你劝穷人知足，能劝得动吗？正相反，应当鼓励他们不能知足，要起来斗争。这样的不知足是正当的，是有重大意义的，它能伸张社会正义，能推动人类社会前进。

除了场合以外，知足还有一个分的问题。什么叫分？笼统言之，就是适当的限度。人们常说的“安分”“非分”等等，指的就是限度。这个限度也是极难掌握的，是因人而异、因地而异的。勉强找一个标准的话，那就是“约定俗成”。我想，冰心老人之所以写这一句话，其意不过是劝人少存非分之想而已。

至于知不足，在汉文中虽然字面上相同，其涵义则有差别。这里所谓“不足”，指的是“不足之处”“不够完美的地方”。这句话同“自知之明”有联系。

自古以来，中国就有一句老话：“人贵有自知之明。”这一句话暗示给我们，有自知之明并不容易，否则这一句话就用不着说了。事实上也确实如此。就拿现在来说，我所见到的人，大都自我感觉良好。专以学界而论，有的人并没有读几本书，却不知天高地厚，以天才自居，靠自己一点小聪明——这能算得上聪明吗？——狂傲恣睢，骂尽天下一切文人，大有用一枚毛锥横扫六合之慨，令明眼人感到既可笑，又可怜。这种人往往没有什么出息的。因为，又有一句中国老话：“学如逆水行舟，不进则退。”还有一句中国老话“学海无涯”，说的都是真理。但在这些人眼中，他们已经穷了学海之源，往前再没有路了，进步是没有必要的。他们除了自我欣赏之外，还能有什么出息呢？

古代希腊也认为自知之明是可贵的，所以语重心长地说出了：“要了解你自己！”中国同希腊相距万里，可竟说了几乎是一模一样的话，可见这些话是普遍的真理。中外几千年的思想史和科学史，也都证明了一个事实：只有知不足的人才能为人类文化做出贡献。

2001年2月21日

有为有不为

“为”，就是“做”。应该做的事，必须去做，这就是“有为”。不应该做的事必不能做，这就是“有不为”。

在这里，关键是“应该”二字。什么叫“应该”呢？这有点像仁义的“义”字。韩愈给“义”字下的定义是“行而宜之之谓义”。“义”就是“宜”。而“宜”就是“合适”，也就是“应该”，但问题仍然没有解决。要想从哲学上从伦理学上说清楚这个问题，恐怕要写上一篇长篇论文，甚至一部大书。我没有这个能力，也认为根本无此必要。我觉得，只要诉诸一般人都能够有的良知良能，就能分辨清是非善恶了，就能知道什么事应该做，什么事不应该做了。

中国古人说：“勿以善小而不为，勿以恶小而为之。”可见善恶是有大小之别的，应该不应该也是有大小之别的，并不是都在一个水平上。什么叫大，什么叫小呢？这里也用不着繁琐的论证，只须动一动脑筋，睁开眼睛看一看社会，也就够了。

小恶、小善，在日常生活中，随时可见。比如在公共汽车上给老人和病人让座，能让，算是小善；不能让，也只能算是小恶，够不上大逆不道。然而，从那些一看到有老人或病人上车就立即装出闭目养神的样子的人身上，不也能由小见大看出了社会道德的水平吗?

至于大善大恶，目前社会中也可以看到，但在历史上却看得更清楚。比如宋代的文天祥。他为元军所虏。如果他想活下去，屈膝投降就行了，不但能活，而且还能有大官做，最多是在身后被列入“贰臣传”，“身后是非谁管得”，管那么多干吗呀。然而他却高赋《正气歌》，从容就义。

通过上面举的一个小恶的例子和一个大善的例子，我们大概对大小善和大小恶能够得到一个笼统的概念了。凡是对国家有利，对人民有利，对人类发展、前途有利的事情就是大善，反之就是大恶。凡是对处理人际关系有利，对保持社会安定团结有利的事情可以称之为小善，反之就是小恶。大小之间有时难以区别，这只不过是一个大体的轮廓而已。

大小善和大小恶有时候是有联系的。俗话说：千里之堤，溃于蚁穴。拿眼前常常提到的贪污行为而论。往往是先贪污少量的财物，心里还有点打鼓。但是，一旦得逞，尝到甜头，又没被人发现，于是胆子越来越大，贪污的数量也越来越多，终至于一发而不可收拾，最后受到法律的制裁，悔之晚矣。也有个别的识时务者，迷途知返，就是所谓浪子回头者，然而难矣哉！

我的希望很简单，我希望每个人都能有为有不为。一旦“为”错了，就毅然回头。

2001年2月23日

附录

季羡林大事年表

1911 年

8 月 2 日，生于山东省清平县（后划归临清市）官庄村。6 岁以前在官庄随马景恭老师识字。

1917 年（6 岁）

去济南投靠叔父季嗣诚，进曹家巷私塾，读《百家姓》《千字文》《四书》等。

1918 年（7 岁）

秋，进山东省立第一师范附设小学。

1920 年（9 岁）

转学到济南新育小学读高小，课余在尚实英文学社学习英文。

1923 年（12 岁）

秋，高小毕业，考入正谊中学。从初中一年级下学期开始学习。课后参加古文学习班，读《左传》《战国策》《史记》等。晚上继续学习英文。

1926 年（15 岁）

春，初中毕业后在正谊中学读高中半年。

秋，转入济南北园白鹤庄山东大学附设高中文科班。由于学习成绩优异，受到校长王寿彭表彰。作文《〈徐文长传〉书后》受到王昆玉老师赞扬。自学《韩昌黎集》《柳宗元集》以及欧阳修、三苏的文集，并开始学习德文。

1928 年（17 岁）

5 月，日本军队侵占济南。辍学一年。创作短篇小说《文明人的公理》《医学士》《观剧》，发表在天津《益世报》。署名希逋。

1929年（18岁）
秋，转入济南杆石桥山东省立高中继续学习。受业师胡也频影响，阅读马克思主义文艺理论，写过一篇《现代文艺的使命》，文章因胡先生受到国民党反动派通缉而未能发表。在写作方面，受到董秋芳老师指导和鼓励。
这一年，由叔父、婶母包办，与彭德华结婚。

1930年（19岁）
翻译屠格涅夫散文《老妇》《世界的末日》《老人》《玫瑰是多么美丽，多么新鲜啊！》等，分别发表于天津《益世报》，济南《国民新闻》《趵突周刊》。
高中毕业，投考邮局邮务生未果。
夏季，同时考取北京大学和清华大学。后入清华大学西洋文学系，专修方向为德文。

1934年（23岁）
夏，毕业于清华大学西洋文学系。毕业论文题目是《荷尔德林早期的诗歌》。
秋，应济南山东省立高中校长宋还吾之邀，担任该校国文教员。

1935年（24岁）
秋，清华大学同德国达成协议，交换留学生。季羡林报名被批准，9月赴德国哥廷根大学，主修印度学。先后师从瓦尔德施米特教授、西克教授学习梵文、巴利文、吐火罗文，同时学习俄文、斯拉夫文、阿拉伯文。继续散文创作。

1937年（26岁）
经哈隆教授推荐，兼任哥廷根大学汉学研究所讲师。

1941年（30岁）
被哥廷根大学授予哲学博士学位。博士论文题目是《〈大事〉颂中限定动词的变化》。
在担任博士后的5年内，季羡林写了几篇相当长的论文，发表在《德国东方学会杂志》和《哥廷根科学院院刊》上。有《吐火罗文本的〈佛说福力太子因缘经〉诸异本》《中世纪印度语言中词尾 -am 变为 -o 和 -u 的现象》《应用不定过去时的使用以断定佛典的产生时间和地区》等，每一篇都有新的创见。

1945 年（34 岁）

10 月，与其他留学生一起离开德国去瑞士，等待大使馆安排回国。在瑞士将《论语》和《中庸》译为德文。

1946 年（35 岁）

春，经法国、越南、中国香港，回到中国上海。

秋，被北京大学聘为教授兼东方语文学系主任。担任系主任一职直至 1983 年（“文化大革命”期间除外）。

旅途中写出论文《一个故事的演变》和《梵文〈五卷书〉：一部征服了世界的寓言童话集》。

1947 年（36 岁）

写作论文《从比较文学的观点上看寓言和童话》等。

1948 年（37 岁）

写作论文《〈儒林外史〉取材的来源》《论梵文 td 的音译》等。

10 月，论文《浮屠与佛》发表于《中央研究院历史语言研究所集刊》第 20 册上，论述佛教传入中国的路径问题。

1949 年（38 岁）

发表论文《〈列子〉与佛典》。

写作论文《三国两晋南北朝正史与印度传说》。

10 月 1 日，开国大典，应邀在天安门广场观礼。

1951 年（40 岁）

参加中国文化代表团访问印度、缅甸。

译自德文的卡尔·马克思著《论印度》，由人民出版社出版。

1953 年（42 岁）

当选北京市第一届人民代表大会代表。

1954 年（43 岁）

任第二届中国人民政治协商会议全国委员会委员。

任中国文字改革委员会委员。

发表论文《中国纸和造纸法输入印度的时间和地点问题》。

1955 年（44 岁）

作为中国代表团成员，赴印度新德里参加亚洲国家会议。

10 月，赴德意志民主共和国参加国际东亚学术讨论会。

译自德文的《安娜·西格斯短篇小说选》出版。

发表论文《吐火罗语的发现与考释及其在中印文化交流中的作用》《中国蚕丝输入印度问题的初步研究》。

1956 年（45 岁）

加入中国共产党。

当选中国亚非团结委员会委员。

任中国科学院哲学社会科学部委员。

译自梵文的迦梨陀娑剧本《沙恭达罗》，由人民文学出版社出版，并由中国青年艺术剧院搬上舞台。

写出论文《原始佛教的语言问题》。

1957 年（46 岁）

论文集《中印文化关系史论丛》，由人民出版社出版。

《印度简史》，由湖北人民出版社出版。

1958 年（47 岁）

《1857—1859 年印度民族起义》，由人民出版社出版。

作为中国代表团成员，赴塔什干参加亚非作家会议。

写出论文《印度文学在中国》《再论原始佛教语言问题》。

1959 年（48 岁）

任第三届全国政协委员。

应邀参加缅甸研究会 50 周年纪念大会，并在会刊发表论文《原始佛教的语言问题》。

译自梵文的印度古代寓言集《五卷书》，由人民文学出版社出版。

1960 年（49 岁）

北京大学东方语言文学系招收第一批梵文、巴利文本科生，同金克木教授一起为这些学生上课。

写出论文《关于〈优哩婆湿〉》。

1961 年（50 岁）

该年写了三篇关于泰戈尔的文章：《泰戈尔与中国》《泰戈尔的生平、思想与创作》《泰戈尔短篇小说的艺术风格》。只有最后一篇在当年发表。

1962 年（51 岁）

应邀赴伊拉克参加巴格达建城 1200 周年纪念大会。

当选亚非学会理事兼副秘书长。

译自梵文的迦梨陀娑剧本《优哩婆湿》，由人民文学出版社出版。

1963 年（52 岁）

写出论文《关于巴利文〈佛本生故事〉》和《〈十王子传〉浅论》。

1964 年（53 岁）

任第四届全国政协委员。

参加中国教育代表团出访埃及、阿尔及利亚、马里、几内亚等国。

1965 年（54 岁）

季羡林和金克木培养的新中国第一批梵文、巴利文本科生毕业。

写出论文《原始佛教的历史起源问题》。

1966—1976 年（55—65 岁）

在“文化大革命”中受到不公正对待，一度被关入“牛棚”。从 1973 年起，利用劳动空余时间偷偷翻译印度伟大史诗《罗摩衍那》。

1977 年（66 岁）

继续翻译整理《罗摩衍那》译稿。这部鸿篇巨制于当年完成。

1978 年（67 岁）

任第五届全国政协委员。

恢复北京大学东语系主任职务。

担任北京大学副校长。

担任北京大学与中国社会科学院合办的南亚研究所所长。1985 年北大与社科院分别办所后，继续担任北大南亚研究所所长，至 1989 年底。

参加对外友协代表团出访印度。

中国外国文学会成立，当选副会长。

1979 年（68 岁）

受聘担任《中国大百科全书外国文学卷》编委会副主任委员兼南亚文字编写组主编。

中国南亚学会成立，当选会长。

专著《〈罗摩衍那〉初探》，由外国文学出版社出版。

1980 年（69 岁）

应日本友人室伏佑厚邀请赴日本参加印度学佛学会议。结识日本学者中村元、峰岛俊雄等。

《罗摩衍那》第一卷，由人民文学出版社出版。

散文集《天竺心影》，由百花文艺出版社出版。
8 月，被推选为中国民族古文字学会名誉会长。
10 月，中国语言学会成立，当选副会长。
通过中国作家协会参加国际笔会。
率领中国社会科学代表团赴德意志联邦共和国访问；在哥廷根拜会恩师瓦尔德施密特教授。
应聘担任哥廷根科学院《新疆吐鲁番出土佛典的梵文词典》顾问。
被任命为国务院学位委员会委员。
散文集《季羡林选集》，由香港文学研究社出版。

1981 年（70 岁）
散文集《朗润集》，由上海文艺出版社出版。
《罗摩衍那》第二卷出版。
中国外语教学研究会成立，当选会长。

1982 年（71 岁）
论文集《印度古代语言论集》，由中国社会科学出版社出版。
《中印文化关系史论文集》，由三联书店出版。
《罗摩衍那》第三、第四卷出版。

1983 年（72 岁）
获北京市教育系统先进工作者称号。
当选第六届全国人民代表大会代表。
当选第六届全国人大常委会委员。
在中国语言学会第二届年会上当选会长。
中国敦煌吐鲁番学会成立，当选会长。
《罗摩衍那》第五卷出版。

1984 年（73 岁）
任北京大学校务委员会副主任。
受聘为《中国大百科全书》语言卷编辑委员会主任。

受聘为《中国大百科全书》总编辑委员会委员。
当选中国史学会常务理事。
中国教育国际交流协会成立，当选副会长。
《罗摩衍那》第六、第七卷出版。

1985 年（74 岁）
论文集《原始佛教的语言问题》，由中国社会科学出版社出版。
主持《〈大唐西域记〉校注》，并亲自撰写 10 万字的前言《玄奘与〈大唐西域记〉》，该书由中华书局出版。
赴新德里参加“印度与世界文学国际讨论会暨蚁垤国际诗歌节”。被大会指定为印度和亚洲文学（中国和日本）分会主席。
应中国香港中文大学邀请做《印度文学在中国》的演讲。
组织翻译的《〈大唐西域记〉今译》，由陕西人民出版社出版。
以中国代表团顾问身份赴斯图加特参加第十六届国际历史科学大会。提交论文《商人与佛教》。
当选中国作家协会第四届理事会理事。
中国比较文学学会成立，被推举为名誉会长。
翻译印度梅特丽耶·黛维的《家庭中的泰戈尔》，由漓江出版社出版。

1986 年（75 岁）
主持中国亚非学会第二届代表会议，当选中国亚非学会副会长。
应聘为中国文化书院导师。
参加“执教四十周年”庆祝活动。
《印度古代语言论集》论文和《新博本吐火罗文 A（焉耆语）〈弥勒会见记剧本〉、1.31/2 1.31/1 1.91/1 1.91/2 四页译释》，同时获得北京大学首届科研成果奖。
应中村元、室伏佑厚邀请赴日本，商谈成立“国际文化交流中心”事宜。在早稻田大学做《东洋人的心》演讲。在日本经济界、学术界集会上做《经济与文化》演讲。
秋，率领中国教育国际交流协会访日赠书代表团访问日本。

参加全国人大常委会代表团访问尼泊尔，参加世界佛教联谊会第十五届大会。在特里普文大学做《中国的南亚研究——中国史籍中的尼泊尔史料》演讲。
受聘为冰岛大学吐火罗文与印欧语系研究顾问。
《季羡林散文集》，由北京大学出版社出版。

1987 年（76 岁）
应邀参加在中国香港中文大学举行的国际敦煌吐鲁番学术讨论会。会上宣读论文《吐火罗文（焉耆语）新博本〈弥勒会见记剧本〉76YQ1.2 和 1.4 两张（四页）译释》。
《〈大唐西域记〉校注》和《〈大唐西域记〉今译》获陆文星—韩素音中印友谊奖。
《原始佛教的语言问题》获北京市哲学社会科学和政策研究优秀成果奖。

1988 年（77 岁）
主编《东方文学作品选》（上、下）获 1988 年中国图书奖。
论文《佛教开创时期一场被歪曲被遗忘了的“路线斗争”——提婆达多问题》，获北京大学科学研究成果奖。
6 月，任中国文化书院院务委员会主席。
受聘为文化部“中国文学翻译奖”评委会委员。
受聘为江西人民出版社《东方文化丛书》主编。
11 月，应邀赴中国香港中文大学讲学，讲题为：《吐火罗文剧本〈弥勒会见记〉与中国戏剧之关系》《从大乘佛教之起源看宗教发展规律》。
受聘为重庆出版社科学技术著作出版基金会指导委员会委员。

1989 年（78 岁）
获中国民间文艺家协会“从事民间文艺工作三十年”荣誉证书。
受聘为重庆出版社《语言·社会·文化》丛书编委会顾问。
获国家语言文字委员会“从事语言文字工作三十年”荣誉证书。
发表题为《从宏观上看中国文化》的演讲。

1990 年（79 岁）

论文集《佛教与中印文化交流》，由江西人民出版社出版。

《中印文化关系史论文集》获全国首届比较文学图书评奖活动“著作荣誉奖”。

受聘为《神州文化集成》丛书主编。

受聘为河北美术出版社《画说世界五千年》丛书编委员顾问。

当选中国亚非学会第三届会长。

受聘为中国香港佛教法学会《法言》双月刊编辑部顾问。

1991 年（80 岁）

主编《简明东方文学史》获北京大学第三届科学研究著作荣誉奖。

应邀参加中国教育国际交流协会代表团访问韩国。

担任《东方文化丛书》《东方文化集成》主编。

7 月，任北京大学校务委员会名誉副主任。

《佛教与中国文化》获北京市第二届哲学社会科学优秀成果一等奖。

1992 年（81 岁）

发表论文《“天人合一”新解》。

作为中方代表，参加《人民日报》与日本朝日新闻社举办的展望 21 世纪亚洲国际讨论会。

被印度瓦拉纳西梵文大学授予最高荣誉奖“褒扬状”。

1993 年（82 岁）

赴澳门地区参加东西文化交流国际学术讨论会。

获北京大学“505”中国文化奖。

受聘为泰国东方文化书院国际学者顾问。

1994 年（83 岁）

主持撰写的《〈大唐西域记〉校注》获第一届国家图书奖（古籍整理类）。

译著《罗摩衍那》获第一届国家图书奖（文学类）。

应邀赴泰国参加华侨崇圣大学揭幕典礼，受聘为该大学顾问。

散文《赋得永久的悔》获茅盾文学奖。

获中国作家协会中外文学交流委员会授予的“彩虹翻译奖”。
担任《传世藏书》《四库全书存目丛书》《百卷本中国历史》主编。
被聘为宝山钢铁集团公司宝钢教育基金会顾问。

1995年（84岁）
北京大学季羡林海外基金会建立。
主编《简明东方文学史》获全国高校外国文学教学研究会首届优秀著作奖。
《留德十年》获第二届新闻出版署直属出版社选题奖一等奖。
《中国翻译名家自选集·季羡林卷》，由中国工人出版社出版。

1996年（85岁）
参加北京大学举办东语系建系50周年暨季羡林教授执教50周年庆祝大会。
《人生絮语》《怀旧集》《我的心是一面镜子》《季羡林学术文化随笔》相继出版。

1997年（86岁）
专著《糖史》由经济日报出版社出版。
主编的《东方文学史》获第三届国家图书奖。
《赋得永久的悔》获鲁迅文学奖。

1998年（87岁）
获伊朗德黑兰大学授予的荣誉博士学位。
《吐火罗文A〈弥勒会见记剧本〉》英译本在德国出版。
《季羡林文集》24卷由江西教育出版社出版。
《牛棚杂忆》由中央党校出版社出版。

1999年（88岁）
应邀赴中国台湾参加人文关怀与社会实践系列学术讨论会。归来写散文《台游随笔》，其中《站在胡适之墓前》获韬奋新闻奖并收入该年度《全国优秀散文选》。
《季羡林文集》获第四届国家图书奖。

获印度文学院授予的名誉院士头衔。
《季羡林散文全编》由中国广播电视出版社出版。
出席纪念“五四运动”80周年国际学术讨论会。

2000年（89岁）
《学海泛槎——季羡林自述》，由山西人民出版社出版。
《糖史》（国内篇）获长江图书奖。
接受德国哥廷根大学授予的博士学位金质证书。该证书专门颁发给在该校获博士学位50年以上，且在学术上做出突出贡献者。

2001年（90岁）
《千禧文存》，由新世界出版社出版。
主编《东方民间故事精品评注丛书》（15卷），由辽宁少年儿童出版社出版，并获冰心儿童图书奖。
《季羡林文丛》，由沈阳出版社出版。
北京大学出版社出版《季羡林与二十世纪中国学术》一书，全面总结先生的学术理论。
应国家档案局聘请担任中国档案文献遗产工程全国咨询委员会名誉主任委员。

2002年（91岁）
《新纪元文存》，由新世界出版社出版。
10月，写成长文《在病中》，其中郑重提出：辞“国学大师”、辞“学界（术）泰斗”、辞“国宝”。

2003年（92岁）
向清华大学捐赠15万美元，用来建立“季羡林文化促进基金”。
9月18日，作为主编，应邀出席《胡适全集》出版暨胡适学术思想研讨会，并讲话。

2004年（93岁）
散文集《清塘荷韵》出版。

9月26日，获亚洲优秀作家奖，来自马来西亚、菲律宾、日本、文莱等国家，以及中国香港、台湾地区的华文作家齐聚301医院，为其举行授奖仪式。
当选中国翻译协会名誉会长。

2005年（94岁）

中国孔子基金会成立季羡林研究所。

2006年（95岁）

《此情犹思——季羡林回忆文集》由哈尔滨出版社出版。
《季羡林谈人生》由当代中国出版社出版。
受聘为北京2008年奥林匹克运动会中国组委会顾问。
9月，被中国翻译协会授予“翻译文化终身成就奖”。
第十九届世界诗人大会在山东泰安召开，被大会授予世界桂冠诗人。
12月13日，被北京大学授予“蔡元培奖”。

2007年（96岁）

1月5日，被中央电视台评为感动中国人物之一。
1月，《病榻杂记》，由新世界出版社出版。

2008年（97岁）

5月12日，被日本学士院聘为客座院士。
6月6日，印度外长慕克吉受印度总理辛格委托授予季羡林“莲花奖”。
6月20日，向北京大学捐赠稿费100万元建立北京大学季羡林奖助学金。
7月，《季羡林全集》编纂工作在外研社启动。
9月27日，被哥廷根大学授予杰出校友荣誉称号。
10月23日，被评为山东“精气神”形象大使。
12月，《季羡林谈义理》，由黑龙江人民出版社出版。

2009年（98岁）

7月11日上午9时，在北京逝世。